保坂祐希

人斬り美沙の人事査定帳

実業之日本社

実業之日本社文庫

会社には、外から見えぬ闇がある。
社員には、破ってはならぬ規定《おきて》がある。
会社組織をあるべき姿に正すため、人事の鬼が立ち上がる。
パワハラ、セクハラ、モラハラ、ワイロ。
あらゆる不正をぶった斬る。
人事部長、檀上美沙子《だんじょうみさこ》。
人呼んで『人斬りの美沙』ここに見参。

目次

第1章　不正を働くオトコ

1

日本を代表する大手家電メーカー『ミツバ電機株式会社』の安全規程には靴の形、ヒールの高さに至るまで厳格な基準がある。

例えば、ストラップのないスリッパのような形状のサンダルや不安定なピンヒールなどは、たとえオフィス勤務の事務職であっても、社内で履くことは許されない。

そんなミツバ電機安全規程ギリギリの高さである四センチのパンプスを履いた長身の女が、コツンコツンと固く乾いたローヒールの音を響かせながらフロアに姿を現わす。

その女が着ているウエストを絞ったジャケットと膝丈《ひざ》のタイトスカートは、そこはかとなくバブルの名残《なご》りを漂わせる。

彼女にはフランス映画で常に主演を張る大女優のような風格と存在感があり、シャープなフェイスラインと目尻の切れ上がった大きな目はどこか冷酷そうな印象を与え、近寄りがたい雰囲気を醸し出していた。

その姿を見た社員たちが小動物のように怯《おび》え、小声で囁《ささや》き始める。

「美沙だ」

と、誰かが声を潜《ひそ》める。

「人斬りが来た……！」

彼女の名は檀上美沙子。

ミツバ電機の人事部長であり、容赦のない解雇や左遷を実行する彼女のことを、社内の者は陰で『人斬りの美沙』と呼ぶ。

美沙子を見た者たちは恐れ慄《おのの》き、恐怖の波はぎしぎしとフロアの奥まで押し寄せた。

ここ調達部の社員たちは、このフロアの誰かが左遷もしくは懲戒処分されることを確信し、これから彼女が誰の元へ向かうのか、固唾《かたず》を呑んで見守っていた。


さて、ことの発端は一カ月前に遡《さかのぼ》る。

場所は五階建てのミツバ電機本社本館ビル。

人事部はこの本館ビル三階、俗に人事フロアと呼ばれるスペースの半分を使用しており、人事部はふたつのブロックに分かれている。

採用や配属、社員教育などを管轄する人材開発課と、残業や有給管理、そして福利厚生を管轄する人事労務課だ。それぞれの課には約二十名の社員が在籍している。

フロアの一番奥に陣取る部長席で、檀上美沙子はミツバ電機株式会社の昨年度収益資料を眺めていた。

「解《げ》せぬ……。どうしてここ数年、うちの白モノ家電の収益は右肩下がりなんだろうねえ」

彼女は部長席でひとり呟《つぶや》き、訝《いぶか》しげに首を傾《かし》げる。

そこへ小柄で丸顔、少し猫背の人事部人材開発課の課長、稲葉《いなば》がトコトコと美沙子の前までやってきて、困惑顔で報告する。

「檀上部長。調達部から新入社員をひとり別の社員とトレードして欲しいと言ってきていますが、どうされます？」

黒い腕貫《うでぬき》がトレードマーク。黒縁眼鏡《めがね》。地味で目立たないが仕事の早い男だ。

美沙子は紙面に冷ややかな視線を落としたまま聞き返す。

「で、追い出される社員とは？」

「今年入社した入江健太郎《いりえけんたろう》君です」

「は？　また？」

人事部の主な仕事は採用と人材配置、社員教育、残業や年休の取得状況把握といった労務管理だ。

調達部から戦力外通知を受けたという者の名前を聞いて脱力した美沙子の頭の中には、約一万人の社員全員のデータが入っている。

従業員コード22152３001。入江健太郎。二〇二二年四月入社。研修後、最初に配属された営業部から二カ月で追い出され、調達部に異動させてまだ一カ月足らずだ。

どうしてこんなに定着しないのかと美沙子は考え込む。

「最終面接で見た限りでは真面目《まじめ》で頭の良さそうな子だったけどねえ」

――いや、こんな予感はあった……。


それは約一年前。

社長と人事部門の役員が真ん中に座る面接官席の端で、美沙子はここまで選考に残ったリクルートたちの資料を眺めていた。

資料によれば、入江は旧帝国大学の法学部を非常に優秀な成績で卒業している。

ミツバ電機が課した一次テストにおける一般常識テストと適性を測るSPI検査の成績はダントツのトップ。

二次と三次の面接やグループディスカッションでも何ら問題はない。

だが、その成績が美沙子に違和感を覚えさせた。

ミツバ電機も家電メーカーの最大手ではあるが、彼ほどの能力なら外資系コンサル、メガバンクや官僚の道を考えてもおかしくないはずだ、と。

そして、気になったのは彼がサークル活動やアルバイトの経験がないことだった。

――まあ、学生の本分は勉学であるから、勉強に勤《いそ》しむことでこの成績を修めたのであれば、それはそれでいいのだが。何か引っかかる……。

その時、ふと美沙子が健太郎の履歴書で目を留めたのは趣味の欄だった。

彼の趣味は【時代劇鑑賞】とある。

それまで無言を貫いていた美沙子が口を開いた。

『入江君、一番好きな時代劇は？』

入江は社長から入社後のキャリアプランを尋ねられ、理路整然とヴィジョンを語り終えたところだった。そこへいきなり「好きな時代劇は？」と聞かれ、少し戸惑いながらも、彼は、

『古い時代劇の再放送や歴史ものの映画を見るのが大好きでして、テレビドラマなら【柳生《やぎゅう》一族の陰謀】ですかね。もちろん、【水戸黄門《みとこうもん》】や【銭形平次《ぜにがたへいじ》】、【必殺仕《ひっさつし》

事人《ごとにん》】シリーズなどの再放送常連番組も軽く二周ぐらいしています』

と、かなり古い映画やドラマのタイトルを笑顔で並べ立てた。

『大河ドラマなら【風林火山《ふうりんかざん》】ですかね。映画なら【影武者《かげむしゃ》】です。とりわけ、黒《くろ》澤《さわ》監督の世界観が素晴らしくて……』

続けて、入江が好きな映画監督の魅力について語り始める。そして、それは、

『入江君。その話はそれぐらいで大丈夫ですよ』

と、人事役員の天野《あまの》が苦笑しながら、やんわりと止めるまで続いた。

その時、表情にこそ出さなかったが、美沙子の心の中では彼に対する違和感が解消されていた。

――書類選考もテストも面接も『できすぎる』ところが気になっていたが……。

若いのに時代劇ファンという少し変わった嗜好《しこう》、会議室に流れ始める微妙な空気をものともせずに時代劇への愛を熱く訴える姿勢。この空気を読めないところが彼の最大にして唯一の弱点のようだ。

――間違いなく、普通のモノサシでは測れない子だ。しかし、入社すれば否応《いやおう》なく人とのコミュニケーションが増える。その経験の中で彼はきっと成長するに違いない。

何より、セレクトする時代劇の趣味はいい。面白い。採用。

美沙子は無表情のまま、その場で書類に花丸を記した。


最終面接を経て合格者が決まり、美沙子は新人の配属を希望する部署のトップと面談した。

履歴書と採用試験の結果をまとめた資料を見せると、どの部長も入江健太郎を欲しがった。中でも営業部長の希望は強く、美沙子の、

『この子が営業向きかどうかは未知数です』

という言葉にも耳を貸さず、押し切られた。

とはいえ、営業というフィールドで社内外の人間と広く関わる経験は、今後の彼のためになるかも知れない、と心を鬼にして営業部配属に同意した。

だが、結末は美沙子が望んだものとは程遠い。

——あの入江健太郎がまた……。

面接の時、私の目は曇っていたのだろうか……。


その日の夕方。

檀上美沙子は調達部から追い出されそうになっているという入江健太郎を人事部の会議室に呼び出した。

美沙子が、どうぞ、と手の平を見せると、入江は少し緊張した面持ちでテーブルの向かいに座る。

彼女の目から見て、入江は約一カ月前に営業部から異動を打診され、面談した時とあまり変わっていない。

清潔感のあるナチュラルなショートヘア。スラリとした体形をスリムスーツに包んだ今時の若い男子だ。

——調達部長の坂井《さかい》からは入江の能力不足を理由とする申し出だったのだが……。

美沙子が値踏みするように見てしまったせいか、入江は憔悴《しょうすい》した様子だ。

緊張で肩に力が入っているように見える。俯《うつむ》き加減で、瞳は落ち着きなく左右に揺れている。

「入江君。一カ月ほど前の営業部に続き、今回は調達部の坂井部長から君を他部署へ出したい、という希望が出ているが、何か心当たりは？」

美沙子は静かに切り出した。

すると、入江は羞恥心からか、少し頬《ほほ》を上気させながらも口を開いた。

「僕には営業としての適性がなかったかも知れません。営業の上司から押しが弱すぎると言われました。僕はお客様から、要らない、と言われた商品をごり押しすることはできませんでしたし、新製品の売り込みに行ったはずの家電量販店で、なぜか当社の商品とは全く関係ない売り場スタッフの手伝いをしてしまったこともあります。そんなこんなで、営業成績は最下位でした。だから、営業部から異動になった理由については納得しています」

——なるほど、忙しい家電量販店のスタッフを見るに見かね、頼まれるがままに手伝ってしまい、本来の目的を果たすタイミングを逸したのだろう。

いや、老獪《ろうかい》なベテラン販売員にお人好《ひとよ》しを見抜かれ、術中にはまったのやも知れぬな。

書類で見る限り、大学生時代にアルバイトもサークル活動もしていなかった彼の交友関係は限定的だったと思われる。彼の周りには善良で好意的な同級生しかいなかったのだろう。

——多種多様な人間と接してこなかった入江のコミュニケーション能力の低さ故か……。

美沙子が面接の時に危惧していた部分が、悪い形で露見してしまったようだ。

「確かに、営業部から提出された資料によれば、君の営業成績は惨憺《さんたん》たるもので、歴代の営業スタッフの中でも最低ランクだった」

入江は更に身の置き場がないといった様子で顔を伏せる。

「個人的には配属から半年もしない内に『適性なし』と判断する上司も無能だとは思ったが、君自身も営業職にストレスを感じていたように見えたので、あの時は私も異動に同意した」

「はい。それについては感謝しています。ですが、今回はなぜ自分が異動させられるのか、全く心当たりがありません。調達部の仕事には遣《や》り甲斐《がい》を感じていましたし、適性がないとは思っていないんです。僕は調達部から異動したくありません！」

ついさっきまでオドオドとしていた入江が、美沙子の目をまっすぐに見てきっぱり拒絶する。

「ほお。本当に部を出される理由に心当たりはないと？」

「はい。心当たりはありません。ただ……」

「ただ？」

美沙子は鋭く聞き返した。それだけで入江はビクリと肩を震わせ、おずおずと説明する。

「なぜか先週から些細《ささい》なことで坂井部長から叱責されるようになったんです。今までと同じように資料を作っても」

「同じように資料を作っても……。ふーん……」

美沙子は入江の言葉を反芻《はんすう》し、腕組みをして考え込んだ。

空気が読めず、押しの弱い入江が営業職に向いていないのは理解できる。が、頭脳は明晰《めいせき》なはずだ。何しろトップ入社の逸材なのだから。

調達の坂井部長は入江の一体どこが気に入らないのか……。

「では、一カ月の猶予《ゆうよ》を与えよう」

「一カ月?」

「その期間、毎日、日報をつけて定期的に報告しなさい」

美沙子はタブレット上に日報のフォーマットを出し、入江の前に置いた。

「つまり、僕の仕事ぶりによって調達部の仕事への適性を判断されるということですか?」

それなら自信がある、と言いたげな表情だ。

「いや、そこに記入するのは仕事以外のことだ」

「は？　仕事以外？」

「そう。君の事務処理能力が高いことはわかっている。私が欲しい情報は君の仕事内容ではなく、調達部内の雰囲気、そして部長以下の基幹職、つまり上司たちの言動、それに対する部下たちの反応だ」

入江はキョトンとした顔になった。

「ちょうど今、私は調達部に対して軽い不信感を感じていたところだ」

「不信感……ですか……」

「そう。会社には外から見えぬ闇がある。組織に深く潜入してこそ、その闇が見えるのだ。君は私の目となり、その闇を見せてくれればよい」

「はぁ……」

と、入江は腑《ふ》に落ちない様子で曖昧《あいまい》な返事をする。

「さきほどのフォーマットは君のアドレスに送信しておく。では、来週の月曜日にここで。くれぐれも隠密《おんみつ》業務が露見せぬように」

美沙子はタブレットの画面を消してから立ち上がった。

が、入江は「隠密業務……」と美沙子が発した言葉を呟き、まだ怪訝《けげん》そうな顔をしている。

美沙子は席を離れ際、入江に顔を近づけ「良いか、抜かるでないぞ」と命じた。

すると、入江も条件反射のように真顔で「ははっ」と頭を下げた。

2

翌朝。

とりあえず調達部に残ることになった入江を、部長の坂井は忌々《いまいま》しそうな顔をして見ていた。

入江はその鋭利な視線に思わず萎縮《いしゅく》しそうになる自分を奮い立たせ、

「おはようございます」

と、同僚に挨拶をしながら昨日と同じように自分の席につく。

すると、すかさず坂井部長が、「入江、ちょっと来い」と威圧するようなトーンで呼んだ。

ほとんど条件反射のように入江の体がビクビクと震える。先週からずっと、こんな高圧的な態度を取られているからだ。

「は、はい……。何でしょうか」

坂井の席の前に立つ自分の足が震えているのがわかった。

「お前なぁ、グラフの中の文字のフォントと、それ以外の文章のフォントが違うってことに気づいてないのか？」

またか、と入江はうんざりした。

坂井は先週から急にこういった些細なことを指摘し始めたのだ。

「すみません。グラフのフォントは太字のメイリオが見やすいかと思ったもので……」

「言い訳すんな！　上司に言われたらすぐに修正しろよ！」

坂井が入江に向かって資料を投げつける。

「……。はい……。すみません……」

入江はその場に這《は》いつくばって床に散らばった資料を拾い集めた。

席に戻ってデータを修正する入江を、周囲の社員は気の毒そうな目で見ている。が、声を掛ける者はいない。関わり合うと自分にも累が及ぶと思っているのだろう。

その日一日、坂井は入江のミスとも言えないような些細なことを指摘し、パワハラ行為を繰り返した。

「営業をクビになったお前を拾ってやったんだぞ！」

「使えねえな！　いつになったら上司の思う通りの仕事ができるようになるんだよ！」

「ゴミか、お前は！」

いくら自分の意思で調達部に残ることを決めたとはいえ、さすがに入江の心は折れそうだった。

しかし不思議なことに、休憩時間や残業中に坂井部長の暴言を日報に書いているとなぜか鬱憤《うっぷん》が晴れる。

——王様の耳はロバの耳的な効果だろうか。

そんなことを考えながら坂井部長の見下すような態度と罵声の数々を文字にする。

自分が叱責される場面を思い出すのは苦痛だ。

が、人事部長からの使命を帯びて、坂井の悪態や罵詈雑言《ばりぞうごん》を報告書にまとめあげることに遣り甲斐のようなものを感じていた。お陰で、入江は坂井の罵声に歯を食いしばって耐え続けることができた。


だが、翌週になると、彼の周囲に変化が表れ始めた。

「入江君。このデータ、参考にするといいよ」

若手の先輩社員が過去の資料データを送ってくれたり、アシスタントの女性が、

「これ、お客さんからの差し入れです。入江さんもひとつどうぞ」

と、お菓子をくれたりするようになった。

そして、その週末、親切にしてくれるようになった先輩の若手社員からメモを渡された。

そこには日時と中華料理店らしき店の名前と住所が書いてあった。

『八月十一日　午後七時　チャイニーズレストラン・ヨンヨン集合　新宿《しんじゅく》区西新宿六丁目七の……』

わざわざ休みの日に集合するとは……。しかも、夏季連休の初日だ。

よっぽど気の合う人たちの集まりなのかな、と入江は楽しい会合を想像した。時代劇好きのメンバーがいてくれると嬉《うれ》しいな。そんなことを考え、知らず知らず口《くち》許《もと》が緩《ゆる》んだ。

指定された土曜日の夜、入江はメモに書かれていた中華料理店を訪れた。

その店が入っている雑居ビルは会社からはかなり離れた町にあった。

――つまり、みんなの自宅に近い場所なのだろうか？　みんなこんな遠い所から会社に通ってるのかな？

ビルの入口で所在なく辺りを見回している店員らしき男に「入江ですが」と名前を告げると、地下にある個室に通された。

――え？　地下？

既に四人の社員が円卓を囲んでいる。男性ふたり、女性ふたり。全員が調達部のメンバーだった。

「あ！　来た来た！　入江君！　こっちこっち！」

お菓子をくれた女性社員、道端《みちはた》さんが自分の隣《となり》の席を示す。面倒見のいい、そして頼り甲斐《がい》のあるお母さんのような雰囲気の人だ。

「あ、どうも。お疲れ様です。迷っちゃって、遅れてすみません」

入江は先輩たちに頭を下げた。

「ビルに看板も出てなくて、わかりにくかったでしょ？　わざとなんだけどね」

隣の席で道端さんが笑う。

「え？　わざと？」

「会社の他の人たちにバレないように集まってるからね」

そう答えるのは最近、親切にしてくれる男性の先輩社員の田淵《たぶち》さんだ。彼は頬がふっくらして目尻が下がっているせいか人が良さそうに見える。

「それって、どういう……」

意味がわからず、聞き返そうとしたところをメンバーの中で一番年長らしき男性社員が、「まあまあ、とりあえず、揃《そろ》ったところで乾杯しようや」とグラスを持ち上げた。

――あれは確か、主任の山田《やまだ》さん。

入江も目の前に置かれていた食前酒らしき茶色い液体の入ったグラスを持ち上げた。

「かんぱーい！」

彼らがこっそり集まっている理由はすぐにわかった。

皆、アルコールを飲むペースが速く、十分もすると、坂井部長の批判を口にし始めたからだ。

最初に口を開いたのは主任の山田さんだった。

その時点で既に生ビールの中ジョッキを三回、おかわりしている。

「坂井のクソ野郎。アイツ、出張費を稼ぐために、必ず自分の通勤途中にある取引先に立ち寄ってから直帰しやがんだよ」

つまり、会社からそのまま帰宅すれば手当てはもらえないが、会社帰りにどこか取引先に立ち寄ることにすれば、五百円の軽食費が会社から支給される。もし、それが虚偽の申告で、実態がないものだとしても、二十日で一万円、年間十二万円を会社からせしめることができる。

だが、ミツバ電機の部長級ともなると、年収二千万は下らないはずだ。どうしてそんなことを、と入江は首を傾げる。

「たかだか月一万円のために、ウチの部長級の人間がそんなセコいことしますかね？」

「そういうヤツなんだよ、坂井は」

上司を呼び捨てにする山田主任は、既に顔が真っ赤で息も荒い。

「そうそう。ほんとにセコいヤツなのよ」

アシスタントの道端さんがグラスの紹興酒《しょうこうしゅ》を飲み干してから同調した。

「異動する人の送別品とか、飲み会とか、会費を集めようとすると必ず『あ、今、細かい金がないから、ちょっと待ってくれ』って言って、払ったためしがないの。

私たちの何倍も給料もらってるんだから、万札出して『お釣りはいらないから』って言ってくれたって良さそうなものなのに。ウチの宴会はいっつも幹事が割を食うの。ほんと、最悪」

道端さんが憎々しげに吐き捨てる。

もうひとりの女性アシスタントである小柄な鏑木《かぶらぎ》さんからも、坂井部長が会社の備品を持ち帰っている話、定期代を多めにもらうために実際の自宅最寄《もよ》り駅よりも遠い駅を申告している話など、セコい武勇伝がゴロゴロ出てくる。

「どれもセコい事案ではありますが、出張の虚偽申告とか備品の持ち帰りは横領で告発できるレベルのものですよね？」

入江が指摘した途端、個室の空気が淀《よど》んだ。

「その証拠を目撃したり、探ったりした社員は皆、左遷されたんだよ」

山田主任が項垂《うなだ》れた。

「え？　左遷？」

さすがに噂《うわさ》や推測だけで部長を告発するわけにはいかないので、正義感の強い部下たちは彼の不正の証拠を摑《つか》もうと尾行したり、写真を撮ろうと試みた者も多くいたという。

だが、それらの行動はことごとく坂井に見つかり、彼らは南アフリカの僻地へ転勤させられ、まだ日本に戻ってきていないという。

部下の中にも坂井部長の内通者がいるのかも知れない、と山田主任は言う。

それを聞いた入江は、ここに集まっているメンバーは内通者の存在を恐れて地下深くに潜り、不満を共有できる部員たちだけで集まって鬱憤を晴らしているのだ、と気づいた。

――つまり、声を上げることができず、チャイニーズレストランの地下個室で傷を舐《な》め合っているのか……。

坂井部長から理不尽に叱責されている自分は絶対に内通者ではないだろうということで声を掛けてきたのだ、と入江は気づいた。

「で、入江君は坂井部長の何を見てしまったんだ？」

「え？　何って……」

坂井部長に睨《にら》まれた社員は一様に、彼の不正を目撃した社員たちだという。

「アイツをあれほど怒らせるなんて、よっぽどの不正を掴んでるんだろ？」

入江の隣に座っていた道端さんを押しのけるようにして、山田主任が横に座る。

「いや、僕は……」

「それにしても、あれほどの嫌がらせに耐え抜いてる入江君はすごいよ。普通の神経があったらもうとっくに出社拒否になってるよ。いや、ほんとにすごい。鋼の神経の持ち主とは君のことだ」

「主任。それ、僕が鈍感だって、ディスってます？」

「まさか、称賛してるんだよ」

山田主任は明らかに酔っぱらっている様子だが、口調は本気だ。

「だから、教えてくれよぉ。一体、どんなネタを目撃しちゃったのか」

「私も聞きたい！」

と今度は道端さんが山田主任を押しのけて、入江の顔を覗《のぞ》き込む。

「そう言われましても……」

坂井部長の秘密など目撃した記憶がない。

考え込む入江に、山田主任は、

「ま、そう簡単には明かせないよな。アイツの不正のネタは君の生命線だ。いや、いいんだ。とにかく告発してくれ。アイツはクソだ」

と酒臭い息と共に罵詈雑言を吐き散らす。

そうやってさんざん愚痴《ぐち》を聞かされ、飲まされた。

鏑木さんと田淵も、山田主任や道端さんの発言に同調し、相槌《あいづち》を打っていた。彼ら四人は飲み会がお開きになる前に全員で肩を組み「ウイ・アー・レジスタンス！」と叫んだ。

——うーん。レジスタンスというより、誰にも見つからない安全な場所で坂井部長の悪口を言って盛り上がってるだけのような……。

虚《むな》しさと疲労感に苛《さいな》まれながらアパートに帰宅した入江だったが、何とか机の前に座り、欠伸《あくび》を嚙《か》み殺しながら、地下の中華料理店で聞いた話を日報に付け加えた。

その頃、入江を調達部に潜入させた張本人、檀上美沙子人事部長は自宅であるタワーマンションの一室で寛《くつろ》いでいた。

ゆったりとしたシルクのルームウェアに着替え、イタリアンモダンファニチャーのハイブランド、カッシーナの白い革張りソファにもたれる。

そしてリモコンを手に取り、時代劇専門チャンネルの番組一覧の中から【鬼平犯科帳】をセレクト。

美沙子はグラスの中の赤ワインを回しつつ、何度も繰り返し堪能《たんのう》している映像に合わせ、主人公になりきって声を当てる。

「火付盗賊改方《ひつけとうぞくあらためかた》である、おとなしく縛《ばく》につけ！」

巨大な額縁のような窓の向こうに広がる都心の夜景には目もくれず、テレビの中で繰り広げられる殺陣《たて》に釘付《くぎづ》けだ。

「いいわあ、長谷川平蔵《はせがわへいぞう》」

真剣な目で画面を見つめたまま、そう口走り、テーブルに置いたナッツを摘《つま》んだ。

3

こうして、それぞれがそれぞれに過ごした連休明けの月曜日……。

「これまでのレポートです」

入江が日報を携え、檀上美沙子の元を訪れた。

「確かに調達部から僻地の営業所や工場に出向させられた社員が多いとは思っていたのだが……」

入江が提出したレポートによれば、辛い目に遭《あ》わされているのは、調達部長の坂井が会社の備品を持ち帰ったり、下請けから高価な付け届けを受け取る場面を目撃してしまった部下たちのようだ。

「しかし、証拠がなければ罰しようがない。で、君は不正の場面に遭遇した覚えがないと？」

「はぁ……」

「だが、この日報にある理不尽な罵倒を見る限りでは、坂井は君を調達部から追い出したいようだ。そのために理不尽な仕打ちをしているとしか思えぬ」

しかも、僻地への出向という手段ではなく、今すぐ調達組織自体から外したいようだ、と美沙子は分析する。

「よおく、思い出してみよ。罵倒されるようになった頃、何か不正の匂いがする場面を目撃しなかったかを」

「僕もずっと記憶を辿《たど》ってはいるのですが……」

坂井部長が仕入先から何かを受け取っている場面に遭遇したことも、会社の備品を持ち帰る場面を目撃したこともない、と入江は考え込む。

「大手メーカーの調達部長と言えば、仕入先からしてみれば神様のような存在。その匙《さじ》加減を期待して、仕入れ先も必死に取り入ろうとする。色々な誘惑があることは想像に難くない」

「はぁ……」

入江は困ったような顔で頷《うなず》いた。

人事部の会議室を出た入江は、調達部に戻りながら坂井部長から叱責されるようになった頃のことを思い起こす。

それについては週末の飲み会の後も、さんざん考えたのだが、坂井部長の不正を目撃した記憶がない。全ての場面をアルバム写真のように思い出せるというのに。

「おい！　何だ、このコンペ資料は！」

坂井部長の怒鳴り声を聞き、入江は反射的に立ち上がり「すみません！」と頭を下げた。が、叱責されているのはレジスタンスのリーダー、山田主任だった。

「山田！　この見積書！　数字のケタが違うだろ、ケタが！」

あ、僕じゃなかった、と自席の椅子に座り直した時、入江の中にひとつの記憶が蘇《よみがえ》った。

彼の網膜にファイルされている一枚のＯＡ用紙が蘇り、そこにプリントアウトされている表が徐々にズームされる。

次の瞬間、一枚の紙に書かれたマトリックスに埋まっている文字と数字の羅列がすごい勢いで網膜に押し寄せてくる。

――見積書……。わかった……！　原因はあの見積書だ！

それは仕入先の見積書の比較作業を頼まれた時のことだ。

大型冷蔵庫の部品を製造する仕入先を見直すことになり、国内外の部品メーカーから見積もりを取ることになった。いわゆるコンペだ。

各社から集めた見積書の中で最も良いスペックで、かつ安い価格を提示した会社が受注を勝ち取ることができる。

この時、入江は仕入先からの見積書チェックを手伝うことになった。係長の怠慢《たいまん》で承認作業が進んでいなかったせいだ。

『見積もりの方は見なくていいから、品番と数量、スペックがこっちの指定と違ってないかだけ確認してくれ』

各社から提出された見積書をチェック、整理して鍵のかかるキャビネットに入れるよう係長に申しつけられた。

その作業を一日で終えた入江に感心した係長は、今度は全社分の見積もり内容を一覧化した比較資料に不備がないかチェックするよう頼んだ。

入江の網膜に蘇った一覧表。その右上の一角がズームされる。

──あの一覧表には坂井部長の印が押されていた。

作業を始めてすぐに違和感を覚えた入江は、仕事を頼んできた係長に『この一覧の数字、提出された見積書と違うところがあるんですけど、キャビネットの見積書を出して再確認してもいいですか？』と聞いた。

係長は手もみしながら坂井部長の所へ行き『入江君が数字を確認したいと言っているので、キャビネットの鍵をお借りできますか？』と聞いた。

それだけで坂井部長は激昂《げっこう》した。

『何だと？　比較一覧は見積書の数字を私が転記したものだ！　しかも、俺が最終チェックまでしたんだぞ？　俺のチェックができてないとでも言いたいのか⁉』

係長はすっかり萎縮してしまい、そのまま口を閉ざして自席に戻った。世界が終わったような顔をして。

これ以上の追及は係長の立場を危うくするような気がして、入江も黙った。

──あの時からだ……。

係長と入江は理不尽に叱責されるようになった。

その後まもなく、入江に仕事を頼んだ係長にブラジル出向の辞令が出た。

が、さすがに入社一年目の社員を海外に飛ばすことはできなかったのだろう。他部署への異動を人事部へ申し出たのだ。

——そうだったのか。

入江はようやく合点がいった。

4

終業後、入江が人事部へ駆け込んできた。

「わかりました！　僕は不正の現場を見たのではなく、坂井部長がチェックした数字の間違いに気づいたんです！」

入江は美沙子のデスクに身を乗り出すようにして訴えた。

「数字の間違い？」

美沙子は無表情に聞き返しながら、眺めていたタブレットをデスクの端に伏せた。その待ち受け画面では忍者装束の千葉真一《ちばしんいち》が刀を上段に構え、睨みを利かせている。

「実は一カ月ほど前、大型テレビ用の部品コンペがありまして。各社から提出された見積書とそのデータを転記したはずの比較一覧の数字が違ってることに気づいてしまったんです」

それしか心当たりがない、と入江は言う。

「その見積書は何社分あったのだ？」

「国内外で十二社でした」

ミツバ電機の見積もりフォーマットはとても細かい。一社あたりの見積書に記載されている数字は膨大だ。ましてや大型テレビともなれば部品の数も多い。

「あれだけの数字を十二社分すべて覚えていて、一覧表との数字の相違に気づいたとでも？」

「はい。僕は見たものを写真のようにそのまま記憶してしまうんです。これは幼い頃からのクセみたいなもので」

かなり以前のことでも事細かに覚えているせいで、小学生の頃は同級生に不気味がられ、仲間外れにされたこともある、と入江は悲しそうに話す。

美沙子は半信半疑のまま入江に尋ねた。

「で、比較一覧表と数字が違っていたという会社は？」

「東洋《とうよう》部品という一社を除いて全ての会社の見積もりが違っていました。東洋部品以外の十一社については販管費という項目が提出された見積書の数字と違ってたんです」

販管費＝販売管理費とは部品を作るのに必要な材料費や加工費以外の経費。人件費や輸送費などをまとめたものでその詳細までは記入する義務がない。

「東洋部品以外の販管費は全て見積書で見た金額より高くなっていました。どこも、ちょうど一・二倍になってたんです」

美沙子は衝撃を受けた。

――つまり、東洋部品をコンペで勝たせるために、他の競合メーカーの数字を操作したということか……。

坂井がその見返りとして東洋部品から利益を得ている可能性は高い。

――それで最近、うちの収益が悪くなってるわけだ。

スペックに対して最も見積額の低かった東洋部品と契約したと見せかけて、実際には、一番高い見積もりを出してきた会社の部品を買うわけだから、利益が減るのは当たり前だ。

入江は美沙子の様子を気に留めることもなく、怒りを露《あら》わにして興奮気味に訴える。

「坂井部長は酷い人です。面と向かってミスを指摘した係長を南米に飛ばし、僕を部外追放しようとするなんて。誰にだってミスはあるじゃないですか？　なのに、自分の入力ミスを見つけられただけであんなに怒るなんて」

「は？」

美沙子はまじまじと入江の顔を見た。

「本気で言っているのか？　ただのミスだと？」

「本気……とは？　ただのミスじゃないんですか？」

きょとんとした顔で聞き返す入江に、美沙子は思わず溜め息《たいき》を吐《つ》いた。

「一社だけ除いた残り十一社の販管費を一・二倍するような数式をうっかり入れたとでも？」

「………」

入江はまだわからない様子で、美沙子の顔をじっと見ている。

「各社が出した見積書と坂井が作った一覧表が違うとしたら、本来ならコンペに勝つべき会社、つまり高スペック最安値の見積もりを出したはずの会社が負ける可能性があるということだ」

「そうですね。言われてみればその可能性も大いにありますね。つまり、調達部長にミスは許されない。でも、あんな逆ギレするなんて」

「だ・か・らぁ」

美沙子はもう一つ大きな溜め息を吐いてから続けた。

「ミスではない。故意だ」

「は？　故意？」

「まだわからぬのか？　つまり、坂井は自分に便宜を図ってくれる仕入先をコンペで勝たせるために数字を操作したのだ」

「マジか……」

入江はやっと坂井の不正に気付いた様子だ。入江はこれまで性善説を前提に生きてきたのだろう、と美沙子は感心する。

——邪悪な者の思考を理解できないがために、推理に結び付けられないとは。恐ろしいほどの記憶力があるというのに。残念だ。残念すぎる。

だが、日報をつけさせたのは正解だったようだ。

自画自賛した後、美沙子の中にふつふつと怒りが湧き上がる。

「許せぬ。私腹を肥やすために会社を食い物にするとは……」

先日見たばかりの火付盗賊改方、長谷川平蔵の姿に己の使命を重ねた美沙子は、両手の指を握りしめ、デスクをドンと叩《たた》いて怒りを露わにする。

入江が怯えたように後ずさった。

「君にもうひとつ、やってもらいたいミッションがある」

「は、はい。なんなりと」

一度は美沙子のデスクから数歩離れた入江が慌てて戻ってくる。

「坂井は懇意にしている取引先を勝たせてやる見返りに、金銭もしくは過剰な接待もしくは高価な贈答品を受け取っているはずだ」

「はい。それらを目撃した者は皆、僻地に出向させられているという噂ですが」

それについては飲み会で聞いた愚痴として、入江の日報にも記載があった。

「だが、そういう噂があるということは、中には見て見ぬふりをしている者もいるはずだ。聞き込みをして証拠を摑むのだ。坂井が常態的に便宜を図ってくれる仕入先をコンペで勝たせ、何らかの利益を得ているのは必定。その証拠を摑まなければ、東洋部品の件も故意ではなく、ただのミスだと言い訳され、罪を逃れられてしまうだろう」

「わかりました！　何としても不正の証拠を摑みます」

美沙子は入江に顔を近づけ、前回同様に「良いか、抜かるでないぞ」と命じる。

すると、入江もまたつられるように真顔で「ははっ」と頭を下げた。

美沙子は席を立ち、その足で人事部担当役員である天野の執務室へ向かった。

「失礼します」

美沙子の入室に気づいた天野が、クルリと椅子を回し、役員用の広い執務机の向こうからクールに微笑《ほほえ》みかける。

天野徹《とおる》。四十八歳。彼はミツバ電機史上最年少で役員になった男であり、社内一の風見鶏《かざみどり》だ。

その前髪はカッチリと整髪料で固められている。五十前には見えないほど肌艶《はだつや》が良く、若々しい。

「檀上君。久しぶり。前回、君がここへ来てくれたのは、確か半年前。部下に暴力を振るった経営企画室の鏑木室長を斬った時だったかな?」

余裕を見せつけるように口角を上げる天野の頰はピクピクと引き攣《つ》っている。

「そうでしたね。前回、私がここへ来たのは、天野取締役の反対を押し切って鏑木の外道を斬って懲戒解雇にさせて頂いた時でした」

「あの時は君のお陰で、鏑木室長をヘッドハンティングしてきた副社長に、僕はだいぶ睨まれちゃったよ」

と笑顔を浮かべているが、天野の目は笑っていない。

「どのような理由があろうとも腕力に訴えるような人間は処分されて当然です。放置すればエスカレートして取り返しのつかない事件が起こっていたかも知れません。警察沙汰にならなかっただけ良かったのでは？」

「それはそうだけどさ」

天野が苦笑して足を組み替える。

「天野取締役の御英断によってミツバ電機の社名に傷がつかなくて済んだのだと私は思っておりますが」

と、美沙子が言うと、天野はまんざらでもない顔になる。

「まあね。で？」

「実は天野取締役に御相談がありまして」

静かに切り出す美沙子を、天野は懐疑的な目で見上げる。

「そうやっていつも口では『相談』って言うけどさ。君、僕の意見なんて一度も聞いたことないでしょ？」

「恐れ入ります。それについては否定しません」

天野が溜め息を吐いてから口を開いた。

「で？　また誰か斬っちゃうつもり？　だから、来たんだよね？　一応、形式的な報告をするために」

「はい。調達部の坂井部長を」

坂井の名前を聞き、天野の顔色が変わった。

「あ〜、ダメダメ！　坂井君は斬っちゃダメだよ！　彼は……その……何ていうか……。そ、そう！　彼は専務のひとりと昵懇《じっこん》なんだから」

天野が顔の前で右手をぶんぶん振る。目にも止まらぬ速さで。

「つまり、坂井部長が下請けから吸い上げている甘い汁を更に上の立場で吸っている専務がおられるということですね？」

美沙子が詰め寄ると、天野はハッとしたように両手で口を押えた。

「いや。僕は吸ってないからね？　甘い汁なんて」

「ええ。わかっています。天野取締役は勢いのある上司を的確に見極め、自分に少しでも有利になるよう、次々と取り入る先を乗り換えながらここまで登り詰めた日和見《ひよりみ》主義の権化のような方ではありますが、決して不正に手を染めない、ある意味とても小心者……いえ、とても慎重な方であると認識しております」

「褒められてるのか貶《けな》されてるのかよくわからないんだけど」

天野が苦々しく笑う。そして、大きくひと息ついてから続ける。

「ま。君はどうせ僕の言うことなんて聞かないんだろうけど、どうしても坂井君を斬るって言うんなら、悪あがきできないように、ぐうの音も出ないぐらい一刀両断で頼むよ？　中途半端な逃げ道があると、繋《つな》がってる役員に泣きついたりしてこっちにまで影響が出るんだからね。窮鼠《きゅうそ》に嚙まれないように」

「わかっております。なるべく天野取締役に御迷惑がかからないように、証拠を揃えて突きつけます」

「なるべくって……。めちゃくちゃ怖いんだけど」

天野が寒そうに、スーツの上から自分の二の腕を撫《な》でる。

「ですが……」

美沙子がニッと片方の唇の端を引き上げる。

「こうやって、他の重役連中の不正が見つかって自滅していけば、いずれはあなたのような小心者……もとい、慎重な役員が社長候補として残られるのでは？」

「え？　社長？　僕が？　またまた〜、言いすぎだよ、檀上君」

天野が照れている隙に美沙子は「では」と報告を終える。

「あ。ちょっと、檀上君」

立ち去ろうとする美沙子を天野が引き留める。

「檀上君、せっかく半年ぶりに訪ねてきてくれたんだし、良かったらこの後、一緒に飯でも食いながら僕の社長就任までのプロセスについて話さないか？」

「結構です。ご自宅で奥様が手料理を作ってお待ちでしょうから」

天野の妻はミツバ電機社長の姪である。

天野は『妻』という単語を出されると途端に勢いを失う男だ。

「そ、そうだね。またにしようか」

「それでは失礼します」

肩を落としている天野を一瞥《いちべつ》し、美沙子は役員室を後にした。

彼女が閉めたドアの向こう、役員室の中で、

「檀上くーん！　僕は絶対に返り血とか浴びたくないからね！」

と、天野が吠《ほ》えていた。

5

一方の入江は美沙子から与えられた使命、聞き込みによって坂井が不正を行っている証拠を摑もうと、前回、中華料理店に集まったメンバーを飲み会に誘った。

月曜日の夜にもかかわらず、レジスタンスを名乗る愚痴メンバー四名は、快く応じてくれた。

前回同様、酒が進むにつれて鬱憤が爆発し始める。

「一番悲惨だったのは前の課長だよ。ヨーロッパから帰ってきた途端に南米ペルーの果ての果てだからな」

最初に口火を切ったのは山田主任だった。

前回はただ黙って聞いていた入江だったが、今夜は積極的に踏み込んで尋ねる。

「その課長って、何を見てしまったんですか？」

「あくまでも噂だが、仕入先が持ってきた分厚い封筒を坂井部長がポケットに入れたとこを見たらしい」

――噂か……。

証拠にはならないな、と入江は失望する。

すると今度は、アシスタントの道端さんが、

「それなら、前の次長の方が悲惨よ」

と口を挟む。

「え？　その次長って何を目撃したんですか？」

「仕入先と一緒にタクシーで高級料亭に乗りつけたところを見ちゃったらしいわよ。そこで受け取った菓子折りの底に一万円札の束がぎっしり敷いてあったとか……。噂だけどね」

道端の話にもうひとりの女性社員、鏑木さんも「そうそう」と同調する。

「確か、あの次長は中国の少数民族が数家族しか住んでいない村に飛ばされたんだっけ？　噂だけど」

――また、噂か……。

入江はいい加減うんざりしてきた。

「噂、噂って！　いい加減にしてください！　誰か自分の目で現場を見た人はいないんですか⁉」

思わず円卓を叩いてしまった。

すると、山田主任の愚痴に控え目に付き合っていた田淵先輩が口を開いた。例のぽっちゃりふっくらの優しそうな人だ。

「実は……。俺、見たことがあるんです。坂井部長がジャパン・パーツの営業マンから純金の小判を受け取ってる場面を」

「え？　純金の小判ですか⁉」

「まだ新入社員で何もわからない頃、先輩ふたりと一緒に接待に同行させられて。先輩たちは会社からの緊急の連絡で席を外し、僕だけが残ってなんだか居心地が悪かったので、ちょっとトイレに立ってから座敷に戻ったんです。そうしたら部長が何か受け取ってて。何となく入っちゃいけない予感がして、襖の隙間からこっそり座敷の中の様子を見てたんです」

ジャパン・パーツは世界各国に工場を持つ大手のメーカーであり、エアコン用のモーターや冷蔵庫用のコンプレッサーなどを製造している。そして、ミツバ電機との取引は毎年数百億円に上る。

「不正の匂いがしますね。それって、何か証拠はないんですか?」

「実はスマホで写真を撮ったんです。でも、当時は誰に相談していいかもわからず、そのままになっていて……」

田淵先輩はためらいがちにスマホのアルバムから、ひとつの画像を出して見せた。料亭らしき座敷のテーブルに黄金色に輝く楕円《だえん》形の小判が数枚、置かれている。坂井部長と差し向かいに座っているジャパン・パーツの社員だという男の顔も、ばっちり写っていた。

「坂井部長はその小判がいたく気に入ってる様子で、今でもデスクの右の引き出しに入れてて、時々、こっそり眺めています」

「すごい！　すごい証拠じゃないですか！　これさえあれば坂井部長を追い詰めることができますよ！」

入江は思わず手を叩いて喜んだ。が、個室の空気は重い。

「けど、俺、証言はちょっと……」

田淵先輩が項垂れる。だよな、だよね、とそこにいる全員が肩を落とす。下手《へた》を打ったら自分が左遷されると恐れているのだろう。とんだ腰抜けレジスタンスだ。

「わかりました。その画像さえ転送してくれれば、僕が坂井部長と対決します。決して画像の出所は明かしませんから」

その場で田淵先輩から料亭の画像を転送してもらった入江は、なけなしの給料で皆の飲食代を払い、勇んでチャイニーズレストランを後にした。

――坂井部長には、おとなしくお縄を頂戴《ちょうだい》してもらおう。

坂井部長と対峙《たいじ》する自分を想像して武者震いした。

6

翌朝、始業前に人事部へ立ち寄った入江は、美沙子に昨夜の飲み会で仕入れた不正の証拠について説明した。

田淵先輩から転送された画像を見た美沙子は、

「ピカピカだねえ」

と小判に見惚《みと》れ、目を細めている。

「これで坂井部長を追い詰めることができますね」

自信を持って断言する入江に、美沙子は切れ長の目許に笑みを浮かべた。

「では、お手並み拝見といこうか」

「え？　僕の、ですか？」

人差し指で自分自身を指さす入江を美沙子が正面からビシリと指さす。

「そう。そなたの力で坂井を追い詰めよ」

入江は逡巡《しゅんじゅん》するように睫毛《まつげ》を伏せた。が、すぐに目を上げてまっすぐな瞳を美沙子に向ける。

「わかりました。これだけの証拠があれば、檀上部長のお手を煩《わずら》わせるまでもございません。僕が坂井部長に引導《いんどう》を渡してやります」

顔に一抹《いちまつ》の不安を漂わせながらも、入江は美沙子に恭しく一礼をして人事部を出た。

入江が調達部の自席につくと、坂井はいつものようにフロア一番奥の部長席にふんぞり返っている。

その姿を見るだけで、入江はわけもなく圧倒される。これまでの叱責がフラッシュバックするのだった。

──いや、大丈夫だ。あの画像があれば絶対に言い逃れはできない。

長く座っていると萎縮してしまいそうな気がした入江は深呼吸をひとつしてから席を立ち、まっすぐに歩いて坂井の前に立った。

「部長。お話があります」

「なんだ？」

坂井が顎《あご》を上げるようにして居丈高《いたけだか》に聞き返す。

「別室でお話しした方が宜《よろ》しいかと思うのですが」

一応、相手の立場を考えてのことだったのだが、坂井は、

「何だよ。今、ここで言えよ。お前のような無能者の話をわざわざ場所を変えて聞く必要はない」

と見下すように言う。

「わかりました。ではここでお話しさせて頂きます」

入江は覚悟を決め、「あなたはコンペでジャパン・パーツに便宜を図った見返りに、純金の小判を受け取りましたね？」と単刀直入に斬り込んだ。

「はあ？」

坂井はとぼけて、何を寝ぼけたことを言っているんだとでも言いたげに笑っている。

「しょ、証拠の写真があります！」

坂井の自信たっぷりの態度に軽い焦りを感じながらも、入江は急いで証拠の画像を出し、水戸黄門の印籠のように坂井の目の前に突きつけた。

「ああ。これか。確かにジャパン・パーツの人間と会食した。だが、便宜は図っていない」

「で、でも、ここ！」

と、入江は指先でスマホ画面の中央、料亭のテーブルの上を拡大する。

「ここに純金の小判が何枚も映ってます。こんな高価な物をタダでくれる会社はないですよ」

断言する入江を見て、坂井はニヤリと笑った。

「お前が言うその純金の小判ってのは、これのことか？」

坂井がデスクの引き出しを開け、そこから取り出した小判を一枚、デスクの上に投げた。

「そう。これです！　え？」

投げられた古銭はコツン、とデスクの上で軽い音を立てる。

入江は思わず手を伸ばし、坂井が投げた古銭を手に取った。

それはひどく軽かった。そう。純金とは思えないほどに。

「こ、これは……」

「模型だよ。小判のね。私がこういう時代劇用の小物が好きだってことをジャパン・パーツの営業担当者が知ってプレゼントしてくれたんだよ」

「じ、時代劇用の小物？」

入江は唖然《あぜん》としながら、思わず、助けを求めるように証拠写真を提供した先輩の田渕に目をやった。

　すると、田渕さんは黙っていられなくなったように立ち上がり、「嘘だ！　この前、部長の引き出しの中を見た時は本物だった！」と叫ぶ。

「ほお。田渕。お前には上司の引き出しの中を漁《あさ》る趣味があるのか」

　そう言い返された田渕さんは真っ青になって椅子《いす》に座り込んだ。

　──おかしい。こんなことって……。

　誰かがチャイニーズレストランでの出来事をリークし、坂井が事前に小判を偽物にすり替えたとしか思えない。

　入江は視線を巡らせ、他のレジスタンスたちを見渡した。

　山田主任は額の汗を一心に拭いている。いつ自分に累が及ぶのかヒヤヒヤしている様子だ。

　が、道端女史だけは笑っていた。唇の両端がギュッと持ち上がっている。

　──ハメられたのか……？　道端さんに？

　入江は彼女が部長のスパイだったのだと直感した。坂井は自分に反感を持っている調達部員を彼女に見張らせていたのだろう。レジスタンスの一員として……。

「入江。田渕。この落とし前、どうつけるつもりだ？」

ゆっくりと席を立った坂井が入江の前に仁王立ちになった。

田淵さんは椅子に座ったまま俯き、両肩を小刻みに震わせている。

――しまった……。田淵さんを巻き込んでしまった……。

入江は自分のことよりも、告発をためらっていた先輩社員を巻き込んでしまったことを悔やみ、唇を噛んだ。

「だから、どうすんだ、って聞いてんだよ！」

入江は怒鳴る坂井を茫然《ぼうぜん》と見ているしかなかった。

「お前らふたりのために、キリンやシマウマしかいないような僻地に営業所を作ってやろうか！」

威圧する坂井に、田淵さんが「か、勘弁してください！　先月、子供が産まれたばっかりなんです！　家も建てたばっかりで……」と涙声で訴える。

――まずい……。

入江が申し訳なさでいたたまれない気持ちになった時、コツン、コツンと乾いたヒールの音がフロアに響いた。

「美沙だ」

「人斬りが来たぞ」

不意に調達部のフロアがざわつき始める。

坂井の怒号で緊張しきっていた調達部の空気が、檀上美沙子の出現によって大きくどよめき、揺れ始めるのを感じた。

「こ、これは、檀上部長……。一体なぜここへ……」

思わぬ人物の登場に意表を突かれたかのように、坂井が唇を震わせた。

しかし、美沙子はその質問には答えず、無表情のまま坂井の方へ歩いてくる。

坂井の方が沈黙に耐えられなくなったみたいにペラペラしゃべり始めた。

「ちょ、ちょうど良かった。ありもしない不正をでっち上げて私を陥れようとした者たちの処分をお願いしようと思っていたところです」

そう訴える坂井の目の前で、美沙子は銀色の指し棒をスルスルと伸ばした。その口許にはようやく笑みが浮かんだが、鋭い光を宿す目は笑っていない。

パン！　指し棒が坂井のデスクを打った。その金属音に、坂井はビクリと肩を震わせる。

美沙子が冷たい表情のまま唇を開いた。

「でっち上げ？　ならば、不正がでっちあげであることを証明せねばならぬな」

入江は美沙子の台詞が時代劇がかっていることに気を取られながらも、

「坂井部長の引き出しに仕入先から受け取った小判が入っているという情報があったんですが、昨夜の内に偽物とすり替えられたようです」

と状況を説明した。

坂井は入江を睨みつけた後、美沙子には媚《こ》びへつらうように微笑する。

「だ、だから、小判は模型なんですよ。ほら、よく見てください」

坂井が引き出しから別の小判を一枚持ち上げて見せる。

「誰も小判の話などしておらぬわ」

パン、と美沙子が指し棒で再び坂井のデスクを叩いた。

「へ？　小判の話ではない？」

美沙子は小脇に挟んでいたタブレットの上に坂井が作成した見積比較表を出して部長席の端に置いた。見積比較表はその公明性を図るため、社内の経営会議資料として添付され、部長職以上の職位の者は誰でも閲覧できる共有フォルダにも保存されている。

次に、美沙子は指し棒でフロアの奥を指した。

「坂井部長。私はあのキャビネットの中に保管されている仕入先各社が提出した見積書の原紙と、その方が作成したこの一覧との相違についての話をしておるのだ」

美沙子に詰め寄られた坂井は、うっ、と低い呻《うめ》きを漏らした。

「坂井。キャビネットの鍵を出すがよい。不正がでっち上げだというのならば」

「そ、それは……」

渋る坂井のデスクを再びシルバーの棒が、パァン、と激しく叩く。

「さっさとしな！」

それは極道映画に出てくる組長の妻さながらの迫力だ。

身を震わせた坂井は観念したようにキャビネットの鍵を出してデスクに置いた。

すかさず入江が鍵を取り、キャビネットのファイルに収められているコンペ資料を抜き取った。

「見てください！　やっぱり、東洋部品の見積書以外は販管費に一定の係数が掛けられていて、当初の数字より高い値段になっています。この操作がなければ東洋部品の受注は有り得なかったはずだ！」

入江の追及に坂井は見苦しく言い訳をする。

「ち、違う。それはただのミスだ」

まだ罪を逃れようとする坂井に、美沙子はタブレットを指さしながら、

「ところが都合よく東洋部品だけミスがない。他の十一社の販管費が一律、一・二

倍になっておるというのに。この摩訶《まか》不思議な現象はどう言い逃れするつもりだい？」

そう言って美沙子が坂井に突きつけたる指し棒が、入江の目には侍の持つ刀のように見えた。

「そ、それは……」

指し棒を片手に詰め寄られ、坂井は顔色を失《な》くしている。

「そんな言い訳がボードのメンバーに通じると思うのなら、申し開きは懲罰会議《おしらす》でしな！」

ドスのきいた声で怒鳴られた坂井は、足の力が抜けたように床に崩れ落ちた。

これまで坂井に虐げられてきたり、報復を恐れて萎縮していた社員たちはワッと歓喜の声を上げた。

7

調達部長の坂井は懲戒解雇処分となり、入江はひっそりと人事部に異動となった。

「檀上部長。ひとつだけ納得がいかないことがあるんですが」

入江は人事フロアの隅に設置されているエスプレッソマシーンで淹《い》れた珈琲《コーヒー》を美沙子のデスクに置きながら声を掛ける。

「何だ？」

美沙子は入江の顔を見ることはせず、収益が上がり始めた経営資料を眺めて満足している。

「結局、仕入先が提出した見積書と坂井部長がインプットした比較一覧だけで部長の不正を暴くことができたのに、どうして僕に『他の証拠を探せ』なんて命じたんですか？」

小判ネタなんて必要なかったのでは？　と入江が訝しげに尋ねる。

「ダミー」

「は？　ダミー？」

美沙子は紙面から顔を上げて説明した。

「その方は無防備に人事部へ出入りし、レジスタンスにも迎え入れられていた。坂井が警戒して、スパイに見張らせているであろうことは想定内だ。だから、東洋部品の見積もり操作より、他の仕入先の不正を探っていると思わせる方が得策だと思ってな。思った通り、ジャパン・パーツの小判はちょうどいい目くらましになった」

「つまり、僕はダミー不正を断罪しようとして一生分の冷や汗をかかされたんですか？」

「まあ、そういうことになる」

美沙子は目を閉じて珈琲の香りを嗅《か》ぎ、紙コップを口に運ぶ。

美沙子の返事に入江は少し不満そうな顔をしていたが、すぐにニコリと笑った。

「でも、部長は僕の言うことを信じてくれたんですね。たいていの人は僕の記憶力を嘘だと言って信じてくれないいんですけど、部長は十二社すべての見積もりを記憶していると言った僕の言葉を信用したから証拠として採用してくれたんでしょう？」

「うむ。とはいえ、そういう能力は紙一重であるからな」

「紙一重って、どういう意味ですか？」

「恐ろしいほどの記憶力がある反面、その方には色々とトンチンカンなところがある」

トンチンカン……、トンチンカン……、と入江は口に出して反芻する。

「まあ、それはそれとして、『会社には外から見えぬ闇がある』といった意味はわかったであろう？」

「そうですね。それは僕も今回、身に沁《し》みてわかりました」

「それをあるべき姿に正すのが人事部長である私の役目。そして、私ならその方の異能を最大限活《い》かす仕事をさせられる。どうだ、私の草の者として働かぬか」

「草の者……つまり密偵、つまり御庭番。つまり僕は忍《しのび》であり、檀上部長の公儀隠密ってことですか？」

入江の瞳がキラキラ輝いていた。

――いつか彼と忍者について語り合ってみたいものだ。が、まだその時ではない。

美沙子は珈琲を飲み干して席を立ち、「ご苦労であった」と入江を労《ねぎら》い、人事フロアを後にした。

第2章　争うオンナたち

1

上半期の終了月である九月に入った。

「この調子では、今年も我が社の早期退職率ナンバーワン部署は秘書室になりそうだな」

檀上美沙子が経営会議資料を眺めて深い溜め息を吐く。

ミツバ電機はいわゆる優良企業である。

給与面はもちろん、福利厚生も充実していて大学生へのアンケート『就職したい企業ランキング』においても毎年上位に食い込んでいる。社員の平均年齢は四十五歳。つまり、入社後の社員の定着率も高い。

——なのに総務部秘書室だけが、なぜ……。

いや、美沙子にはある程度の推測がついている。

秘書室にはなぜか若くて容姿端麗《たんれい》な女性が多い。

これは総務部が忖度《そんたく》し、総務に配属した社員の中から役員たちが喜びそうな見目麗《うるわ》しい女性を秘書室に配属する悪《あ》しき慣習のせいだ、と檀上美沙子は考えている。

そして、若くて美しい女子はあっという間に結婚退職してしまう。役員応接でのお茶出しやパーティー会場での接待など、他社の社員の目に留まりやすく、他の部署よりも異性との出会いの機会が多い。他社の経営者や役員から、ウチの息子の嫁に、なんてこともありえる。

が、秘書の仕事は忙しく、気を遣うものだ。家庭との両立が考えにくいのだろう。

「それにしても辞めすぎだ」

これでは何のために育児休暇制度や時短勤務制度を整え、充実させたのかわからないではないか。

美沙子が嘆いていると、人材開発課課長の稲葉が受話器を持ち上げて、

「部長。秘書室の宮部《みやべ》室長からお電話です」

と告げる。

「秘書室？　なんとタイムリーな」

美沙子が電話に出てみると、秘書室長の宮部が『檀上部長。ご相談があります』と声を潜めるようにして話す。

「ちょうど良かった。私も宮部室長に聞きたいことがあった」

『では、これからそちらへ伺っても？』

その口調からして電話では話しにくいようだ。そう察した美沙子は「わかりました。お待ちしています」と言って受話器を置いた。

それから一分もしないうちに人事部のドアが開き、額の広い中年男性が入ってきた。

秘書室長の宮部だ。

えらく早いな、と驚く美沙子に向かって一直線に歩いてくると、その勢いとは裏腹に、

「檀上部長。助けてくださいぃ～」

と訴えてその場に泣き崩れる。

——これはただ事ではなさそうだ。齢《よわい》五十五歳の管理職が社内で涙するとは。

まあ、落ち着いてください、と美沙子は宮部室長を人事部の一角にある応接室へ案内した。

「で、相談とは？」

ソファに浅く腰を下ろした宮部はハンカチで涙を拭いつつ、言いにくそうに唇を歪《ゆが》めた。

「実は……」

短い沈黙の後、宮部室長は重い口調で、「御存知のこととは思いますが」と前置きをしてから続けた。

「六月の株主総会で、石橋《いしばし》社長が会長に退かれ、吉田《よしだ》副社長が社長に就任されることが承認されました」

「うむ。三カ月の引継ぎ期間を経て間もなく実質的に権限も移譲される、と先回の経営会議資料にも記事が載っていたが」

ミツバ電機の意思決定は社長を中心に行われる。つまり、重大な意思決定は社長にお伺いを立て、決裁を取らなければならない。会長はナンバーツーではあるが、相談役のような立場であり、社長に強く意見することはないのがミツバ電機の慣例だ。

「社長もご高齢だからねぇ」

ずっと重責を担ってきた社長の姿は、美沙子が見る度にヨボヨボになってきているように見えた。

「石橋社長は就任されてから、かれこれ十五年近くになるのでは？」

「そうなんです。実はその十五年の間に、現社長秘書の杉本《すぎもと》咲良《さら》が秘書室を掌握してしまいまして」

「は？　秘書室を掌握？　秘書が？」

ミツバ電機の秘書は他の部署と同様に、入社試験に合格した者から性別や成績を問わず選抜される。美人が選ばれやすいのは否めない事実ではあるが、彼女たちが特別な人材であるわけではない。その証拠に、それまで重役秘書だった者が次の異動で経理部や工務部など、秘書業務とは無縁な職場へ配属されることもある。

従業員コード、１２１５０００１。杉本咲良。三十二歳。入社して十年間、ずっと秘書室勤務だ。石橋社長との折り合いは悪くない、と美沙子は認識している。

「それにしても、なぜ秘書がそこまでの力を？」

「やはり周囲はボード役員の秘書には、知らず知らず気を遣ってしまうもので。秘書を怒らせてしまうとそれが社長や会長の耳に入ってしまうのではないか、今後社長のアポを取りにくくなってしまうのではないか、などと勘繰ってしまい、ついつい腫《は》れ物に触るような態度になってしまうもので」

ボードとは代表権を持つ取締役、ミツバ電機では会長、社長、副社長の三名だ。

「中でも社長秘書は特別です。社内で社長と同じぐらいの扱いを受けています。彼女は前の秘書が寿退社したタイミングで新卒採用され、社長秘書になって、はや十年です」

秘書たちを束ねる上司であるはずの宮部は憔悴しきった顔だ。

「つまり、自分より職位が高いはずの課長だの部長だのがへりくだるものだから、秘書たちは自分が偉くなったと勘違いしてしまう。十年もそんなことが続けば杉本咲良が部署を掌握しても仕方がないことだと？」

ずばりと切り込まれ、宮部は口ごもる。

美沙子から「室長のあなたが社長秘書ごときを恐れてどうするんですか！」と叱咤され、宮部は「すみません」と更に肩を落とす。

困り切っている宮部に声を荒らげてしまい、美沙子は少し声のトーンを落とす。

「まあ、女という生き物は少々陰湿なところがある。上司である社長に告げ口をしたり、罠《わな》を仕掛けたり」

「そ、そうなんですよ！　私の前任者は杉本咲良と対立したせいで、仕事がうまく回らなくなり社長に無能だと悪口を吹き込まれ、異動になりました」

そう語る宮部の手が震えている。

「それで？　相談というのはその杉本咲良をどうにかしてくれということですか？」

「いいえ。問題は更に複雑なんです……」

沈痛な面持ちで言葉を途切れさせた後、宮部はようやく気を取り直したように口を開いた。

「今月の二十三日に対外的にも社長交代をアピールするため、我が社の創立七十周年祝賀式典とともに新社長の就任披露パーティーを大々的に開催する予定なのですが」

「ああ、それについては部長以上にはメールがきて、出席の号令がかかっているので知っているが……」

つまりその席が、全権力が現副社長である吉田に移行することを世間に知らしめる場になるのだ。

「この一大イベントは現社長、新社長の意向をしっかり反映するために、秘書室主導で行うことになっているんですが……」

と苦しそうに言葉を途切れさせた後、宮部は俯いたまま声を振り絞った。

「その準備が遅々として進まないんです……！」

「準備が進まない？　そんな大切なパーティーの準備がなぜ進まないのですか？」

美沙子も思わず身を乗り出す。

「会長に退く予定の石橋社長秘書の杉本咲良と、次期社長の吉田副社長秘書の栗山《くりやま》秋葉《あきは》の諍《いさか》いが酷くてですね」

従業員コード、14150205。栗山秋葉。三十歳。彼女もまた新卒で秘書室に配属されて八年、吉田副社長が専務だった頃からの秘書だ。

杉本にしても栗山にしても、上司からの信頼は厚いらしく、杉本はそのまま会長秘書に、杉本は新社長秘書へとスライドすることになっている。

「秘書同士の諍い……。それと式典準備に何か関係が？」

「現副社長の秘書の栗山秋葉はこれまでさんざん杉本咲良に虐げられてきました。が、やっと政権交代の機が訪れたことで台頭してきまして。今や秘書室での権力は五分と五分」

最近は栗山も杉本に負けておらず、栗山が杉本のやり方に反発したり、杉本がわざと社長秘書の業務の引継ぎをしなかったり、とお互いの足の引っ張り合いや嫌がらせが続いているという。

「そのために秘書室の業務に色々と支障が……」

「なるほどねぇ」

宮部は広い額の汗を拭いながら「最近、他の秘書たちも、ふたつの派閥に分かれてしまい、ますます仕事がうまく回らなくなってきて」と溜め息を吐く。

それまで杉本の顔色を窺《うかが》っていた他の秘書たちの内、半数以上が栗山についたという。

「秘書室内で連携しなければならない仕事は、全く回っていない状況です。式典まであと三週間しかないのに、こんなことではパーティーでとんでもない失敗を犯してしまいそうで」

宮部の顔は青ざめている。

精神的に追い詰められている様子の宮部を、美沙子は溜め息交じりに諭した。

「いいですか、宮部室長。創立七十年の節目の祝賀会、しかも会長社長の就任パーティーも兼ねた席で失敗など許されぬこと」

美沙子から改めて釘を刺され、宮部は怯えたような顔になる。

「そ、そ、それはわかっているのですが……」

真面目一辺倒、気の弱い宮部が手練手管の役員秘書を御するのは難しそうだ。

「お話はわかりました。それではウチの社員をひとり、応援として秘書室へ行かせましょう」

だが、人事部からのたったひとりの応援で、この面倒な状況が好転するとは思えないのだろう。宮部室長の顔は曇ったままだ。

「今後、あなたが言いにくいことは、彼を通して秘書たちに伝えさせてください」

「そ、そんなことをして、その男性社員は大丈夫なんですか？」

「さあ、どうでしょう」

欧米人のように肩をすくめ、冷たく首を傾げる美沙子を、鬼でも見るような目で宮部は見ていた。

来た時よりも更に肩を落とした宮部が人事部のフロアから去っていった後、美沙子は気づいた。

――しまった。離職率の話をするのを忘れていた。

2

翌日、入江は出社するとすぐ美沙子に手招きされた。

その口許に浮かんでいる微《かす》かな笑みに、入江は何となく嫌な予感を覚える。

「今日から秘書室へ赴き、就任披露パーティーの準備を手伝うように」

「え？　秘書室ですか？」

突然の話に入江が聞き返すと、美沙子は真剣な顔で頷いた。

「良いか。秘書室は伏魔殿《ふくまでん》だ。誰にも取り込まれぬよう、中立の目で職場をくまなく観察し、報告せよ」

「中立の目で……」

「惑わされるでないぞ。心が動かざること山のごとし、だ」

「ふ、風林火山……。肝に銘じます」

人事部に配属になって初めての密偵としての仕事なのだ、と入江は緊張する。

「特にこのふたりは要注意人物だ」

そう言って美沙子は入江の前にタブレットを置く。

そこにはふたりの女性の画像が並んでいた。どちらも美人だ。しかも、垢《あか》抜けている印象を受ける。

「こっちのストレートのロングヘアが現社長秘書の杉本咲良。そして、こっちのゆるフワのセミロングが現副社長秘書の栗山秋葉だ。このふたりのことは特にしっかり観察するように」

「ははっ！」

初めて日報をつけるよう指示された日と同じように入江は恭しく頭を下げた。

秘書室は人事部フロアの下の階、本館ビル二階にある。

そこは総務部フロアの一角にありながら、重厚な扉と壁で仕切られており、外からは中の様子を窺い知ることはできない。

経営陣に関する機密を取り扱う部署だからだ。

ミツバ電機の秘書たちの中でも、この秘書室に常駐するのは秘書室長、そしてボード役員を担当するシニア秘書とそのアシストをするジュニア秘書たちだ。

他の秘書は最上階にある役員専用フロアにずらりと並ぶ役員執務室か、それぞれの役員が管轄する部署にある役員席の近くに座っている。

――ここは何だか入りにくいな。

入江は秘書室と外界とを隔絶するような立派な扉《とびら》をノックした。

――うわ。いい匂い。

扉を開けた瞬間、営業部でも調達部でも人事部でも嗅いだことのないような甘い香りが漂ってくる。

そして中にいる十人ほどの女性たちは、他の部署の社員よりも華やかで眩《まぶ》しく見えた。

「失礼します。人事部から応援に来ました入江健太郎です」

入口に立って名乗ると、二十代半ばと思われる女性社員がふたり駆け寄ってきた。

「入江さん！　宮部室長からお聞きしております！」

「入江さん！　お席はこちらです、どうぞ！」

ふたりは競うように入江の腕を引っ張る。

「え？　あ。ど、どうも。ありがとうございます。では、お言葉に甘えてこちらのデスクを使用させて頂きます」

入江は戸惑いながらも、入口から近いデスクの上に背負っていたリュックを下ろした。

「私、皆川《みながわ》です。わからないことがあれば、何でも聞いてくださいねー」

入江をデスクまで引っ張ってきた女性が、彼に小さく手を振ってそこを離れる。

彼女は自分の席につくと、隣に座っているロングヘアの女性に目配せした。

入江の網膜に美沙子がタブレットの上に映し出した髪の長い女性の画像が蘇る。

――あれは現社長秘書の杉本咲良。

まだ入江の傍《そば》に立っているもうひとりの女性は「入江さん。ランチ、一緒に行きましょうね。私、山瀬《やませ》です」と愛嬌《あいきょう》のある笑顔を浮かべて彼の前を離れた。

山瀬と名乗った彼女は自席に戻る途中、先輩らしき女性社員に何か耳打ちをした。

囁かれて含み笑いをしている女性の髪には緩いウェーブがあたっている。現副社長秘書の栗山秋葉だ。

ふと気が付くと、皆川と山瀬がこっちを見ている。目が合うと、ふたりは蕩《とろ》けそうな笑顔を浮かべた。

入江は自分の頬が緩んでいることに気づいてハッとする。

『誰にも取り込まれぬよう、中立の目で職場をくまなく観察し、報告するように』

檀上美沙子の声が鼓膜に蘇る。

——いけない、いけない。籠絡《ろうらく》されてはいけない。動かざること山のごとしだ。

彼は自分にそう言い聞かせ、早速、仕事に取りかかることにした。

まずは祝賀式典の進捗状況の確認だ。

「えっと……。祝賀式典の招待客リストってできてるんでしょうか？」

入江は室長の宮部に聞いたつもりだったのだが、山瀬と皆川が同時に「もちろんですう」と立ち上がり、我先にと取引先の出席者一覧を持ってきた。

「え？　同じものを別々に作ってるんですか？」

差し出された二枚を見比べてみると、入江にはその相違点が瞬時に把握できた。

リストアップされている社名はピッタリと重複しているが、出席者の氏名が微妙に違っていたりする。

「あの、この会社。同じ、海山《うみやま》物産なのに、リストアップされてる出席者の名前が山瀬さんのリストと皆川さんのリストとでは違うようなんですが……。他にも、えっと……この会社と、この会社もです」

入江がリストの相違点を指摘する。

「私は石橋社長の御意向をお伺いして作成しました。六月の株主総会で吉田副社長の社長就任は承認されましたが、就任披露パーティーが終わるまで決定権の移譲はされませんから」

そう答えたのは、最初に杉本咲良と目配せしていた皆川だ。

「私は吉田副社長の意見を尊重しました。次期社長なのだから当然です」

と、今度は栗山秋葉に耳打ちしていた山瀬が答える。

「な、なるほど……。わかりました。どちらの御意向も大切だと思いますので、海山物産は二名ご招待しましょう。他にも二社、出席者に相違があるので、そちらも同様に」

そう言うと、ふたりはムッとしたように彼を睨んだ。

——え？　何で？

両方の顔を立てたつもりだったのに、と入江は秘書たちの意外な反応に怯《ひる》んだ。

「あ、いえ。おふたりに修正してくれとは言いません。僕がこの二枚を照合し、招待リストを完成させますね」

彼女たちの手を煩わせるつもりはないことを伝えたが、皆川も山瀬も不愉快そうな顔のまま黙って入江の前を離れた。

——こ、怖っ……。

背筋が冷たくなるのを感じた。ついさっきまで愛想良く笑っていた女子が急に無表情になって冷たい視線を向けているのだ。

恐ろしくなった入江は目を伏せ、ふたつのリストを見比べながらインプットを始めた。元データを送ってください、なんてとても言い出せない雰囲気だ。

それにしても……。

——皆川さんと山瀬さんが別々に招待者をインプットして、僕がそのふたつを見比べてまたインプット……。同じ名簿作りを三人でやったことになるのか。なんて無駄な作業なんだろう。

リストは一時間ほどで完成した。

——次は会場だな。

リストによれば招待客は取引先や協力会社の代表者、ミツバ電機の部長級以上の役職者を合わせて約五百名。これだけの人数が収容できる会場となると……。

「宮部室長、もう祝賀式典の会場は決まってるんですよね?」

入江は宮部室長に声を掛けたのだが、なぜか彼は固まったように動かず、返事もしない。その姿は石のお地蔵さんのように見える。

代わりに杉本咲良が立ち上がった。

「石橋社長は赤坂《あかさか》のプリンセスホテルを御希望です」

彼女はモデルのように腰を左右に揺らしながら、入江の席まで歩いてきた。彼のデスクの上にパサリと置かれたのは都心にある高級ホテルのパンフレット。

「いいホテルでしょう?」

そう言いながらデスクに肘《ひじ》を置いて入江の顔を覗き込むようにする。長い髪からフワリと薔薇《ばら》のような香りがした。そのむせ返るような強いフレグランスに入江はくらくらした。

「な、な、なるほど。これぐらいの一流ホテルなら、きっとサービスも行き届いているんでしょうね」

この会場で決定しているものだと思い、頷いた入江に杉本はご満悦そうだ。

ところが……。

不意に栗山が立ち上がり、郊外にある老舗《しにせ》会館のパンフレットを持ってきた。

彼女はグロスがたっぷり載った唇を開き、

「副社長はこちらの岩谷《いわたに》山荘を御希望です」

と微笑む。その官能的な口許から目が離せない。

「な、な、なるほど。確かに趣がありますね」

しかし、式典まで三週間しかないというのに、まだ会場が決定していないことに愕然《がくぜん》とした。

「えっと……」

ふたつのパンフレットを手にした入江を、杉本と栗山の鋭い目が見ている。『どっちにするつもり?』と詰め寄るように。

「ど、どっちも良さそうなので、午後から両方を実際に見学して、弊社の祝賀式典に相応《ふさわ》しい方を選びましょうか。ねえ、室長?」

入江は宮部に同意を求めたのだが、やはり彼が顔を上げることはなかった。

やがて休憩時間になり、杉本派の皆川が入江の席に駆け寄ってきた。

「入江さーん！　食堂、行きましょうよぉ」

その後を追いかけるように、

「入江さん！　近くにランチの美味《おい》しいカフェができたんですよ！　早く行きましよ！」

と、栗山派の山瀬が誘いに来た。

戸惑う入江の頭に、食堂で待っている杉本、そしてカフェで待っている栗山の姿が浮かんだ。

皆川と山瀬が両側から入江の腕を摑んで立ち上がらせ、自分の方へと引っ張り合う。

華奢《きゃしゃ》な女性とは思えない力だ。腕が抜けそうだった。

——なんか大岡越前《おおおかえちぜん》でこんなシーンがあったような、なかったような。

再放送で見た時代劇では、自分が母親だ、と主張するふたりの女性がひとりの子供の腕を引っ張り合う。が、痛がる子供の様子を見て、本当の母親は手を離してしまう。それを見た大岡越前は手を離した方を本物の母親だと判断する、という見事な大岡裁きを見せるのだが……。

「いたた……！」

入江が悲鳴を上げてもふたりは引っ張るのをやめようとしない。

——そりゃそうだ。ふたりとも僕の母親ではない。

だが、このままでは脱臼《だっきゅう》してしまう。

「す、すみません！　ちょっと僕は昼休み、行くところがあるので！」

ふたりの腕を振り払い、逃げるように秘書室を出た入江は走ってエレベーターに乗り込み、人事部へ戻った。

——うう……。肩と胃が痛い……。

入江はキリキリと痛み出す鳩尾《みぞおち》のあたりを押さえた。

ひたすら置物のように固まっていた宮部室長の気持ちがわかったような気がした。

——僕だって石のお地蔵様になりたい。

入江がノートPCを抱えて逃げ込んだ人事部のフロア。

中は閑散としていた。

メンバーはほとんど、社内食堂か近隣のレストランにでも行ってしまったのだろう。数名が自席でパンや弁当を食べているのみ。

入江はわけもなくホッとしながら、自分のデスクにつく。

――よし。ここで日報でも書くか。

密《ひそ》かに『草の者日誌』と名付けているPC上のファイルを開く。気持ちはすっかり密書をしたためる伊賀者《いがもの》だ。

とその時、一番奥の壁際の席で人影が動いた。

机に伏せていたらしい人物がムクリと起き上がったのだ。

「わ！　だ、檀上部長！　おられたんですか？」

いつになく目に力のない美沙子がこちらをじっと見ている。

「うむ。ゆうべ食べすぎてしまったため、本日は絶食することに決めて空腹に耐えていたところだ」

「な、なるほど」

全く気配を感じなかったのに、身を起こした瞬間に半端ない存在感と圧を感じるから不思議だった。

「折角だから報告を聞こうか？　空腹で少々イライラしてはいるが」

――こ、怖い。いつも怖いが、今日は一段と。

だが、今日の午前中にわかったことを伝えておくべきだろう。

「はい。では、ご報告させて頂きます」

入江は美沙子の前に立って、現社長秘書である杉本咲良と次期社長秘書である栗山秋葉、そしてふたりに従っているコバンザメのような皆川と山瀬について報告した。

「秘書室勤務の女性秘書は総勢十名です。今朝は沈黙を守っていましたが、他の六名もどちらかの派閥についているのではないかと推測します」

なぜなら、あの空気で中道を貫くのは不可能だと思うからだ。

「ふーん。それで競い合い、同じ仕事を奪い合うために効率が悪いわけか」

「そのようです」

「で？　会場はどうするつもりだ？」

美沙子の瞳がキラリと光り、切り込んでくる。

「……正直、決めかねています」

美沙子が何か良い折衷案を与えてくれるのではないか、と期待したのだが、彼女は入江の顔を見ているだけ。

沈黙の重さに負け、入江が先に口を開く。

「と、とりあえず、公平な目で下見をして、良い方を選ぼうかと」

「そうか。では、大船に乗ったつもりで任せた」

マジか……。丸投げされたことに軽い失望感を覚えながらも、

「ははっ」

と、いつものように入江は頭を下げる。

すると、美沙子は電池が切れたかのように、再びデスクに伏せた。

3

入江が秘書室に戻ると、杉本と皆川、栗山と山瀬がセットになって睨み合っていた。

「あなたたちのせいで祝賀式典の準備が進まないわ！」

「は？　そっちが邪魔してるんじゃないの！」

互いに自分たちのせいではないと主張し合い、準備遅延の責任を押し付け合っている。

彼女たちの諍いを横目に、こっそりと席を立って秘書室を出るふたりの女性が入江の目の端に映った。

入江も彼女たちの後を追うように秘書室を出る。

ふたりは総務フロアの給湯室に入ると、ヒソヒソと喋《しゃべ》り始めた。

「先輩。どうすればいいんでしょうか？　このままじゃ式典の準備が進みません」

「ほんとね……。杉本さんと栗山さんには困ったものだわ」

どうやらふたりはまだ杉本派でも栗山派でもないらしい。

彼女たちの感覚はしごくまともだ。

「私、秘書室にいると息が詰まりそうなんです。ついに、あのふたりを見てると蕁《じん》麻疹《ましん》が出るようになってしまって」

「え？　そうなの？　大丈夫？」

「はい。とりあえず、皮膚科でもらった薬でしのいでます。頭では気にしないで自分の仕事しなきゃ、ってわかってるんですけど。あのくだらない争いを見てると、体が拒絶反応を起こしちゃうっていうか……」

「私も何とかして秘書室の仕事がちゃんと回るようにしたいわ。かと言って、私たちみたいなジュニア秘書があのふたりに意見なんてしようものなら、嫌がらせされて、他の仕事まで回らなくなっちゃうのは目に見えてるし」

あくまでもアシスタント的な位置づけのジュニア秘書にとって、やはりシニア秘書は恐れ多いものらしい。

「あ、あの……」

入江がふたりに声を掛けると、彼女たちはビクリと肩を震わせた。

ハッとしたようにこちらを振り返ったふたりは、どちらも口許を手で隠し、目を大きく見開いている。

入江の頭脳に収まっているデータファイルが開き、ファイルの顔写真と本人が一致する。

まだ大学生の雰囲気が残るショートヘアの女性は入社二年目の永野唯香《ながのゆか》。

長い髪を可愛いクリップでひとつにまとめてアップにしている女性は入社三年目の水沢凜子《みずさわりんこ》。

入江はふたりの話は聞こえなかったふりをして、

「すみません。これから祝賀式典の会場候補の下見に行くんですが、同行して頂けませんか?」

と頼んでみた。

彼女たちなら中立的な立場で会場についての感想を述べてくれるような気がしたからだ。

「あ、じゃあ、私、宮部室長の許可をもらって、先輩にもひと言断りを入れてきますね」

水沢がそう言うと、永野は不満そうに、

「どうせ室長は、わかりました、としか言いませんけどね」

と皮肉めいた言い方をした。

が、彼女は先輩の水沢に軽く睨まれ、反省したように小声で「ごめんなさい」と呟くように言う。

そして気を取り直したように再び口を開いた。

「私、ホワイトボードに三人分の外出表示をしてきますね」

入江もなるべく目立たないように秘書室に戻り、リュックを背負ってからエレベーターホールでふたりを待った。

水沢と永野は秘書室を抜け出すことができて少しほっとしているのか、心なしか晴れやかな顔に見える。

「じゃあ、行きましょうか」

入江が声を掛け、三人はエレベーターに乗り込んで一階に降りた。

会社を出て、まずは赤坂にある高級ホテルのホールを下見することにした。

「おふたりはまだ入社して丸一、二年ってところですか？」

電車で移動する間に、少しでもふたりと打ち解けようと入江は色々な質問をしてみた。

が、差し障《さわ》りのないことには軽く応じてくれるものの、秘書室のことについては口が固く、なかなか情報は引き出せない。

給湯室での会話も聞かれていなかったと思っているらしく、式典の仕事の話を持ち出してそれとなく水を向けても、杉本や栗山の批判をしたりもしない。

——まあ、秘書が誰にでもペラペラ内情を喋るわけないか。

入江は粘り強く、彼女たちと信頼関係を築いていこうと決めた。


「あ。ここですよ」

水沢が入口にドアマンが立っている大きな建物を指さす。

事前に連絡を入れていたからだろう。Ｍａｎａｇｅｒと刻印された名札を付けた男性が入口で待っていた。

「ミツバ電機の者ですが」

「お待ちしておりました。こちらへどうぞ」

慇懃《いんぎん》に頭を下げるホテルマン。

ここを気に入っているという現社長が定期的に利用しているのだろう。マネージャーは丁寧にホテル内を案内してくれた。

「こちらが当ホテルで一番広いバンケットルームになります」

マネージャーが両開きの大きな扉を押した。

――うわあ……。豪華だ。

広いホールを見た入江の口から思わず嘆息が漏れる。

天井には巨大なシャンデリアが煌《きらめ》いている。

壁や扉には重厚で艶《つや》やかな木材が使用されており、臙脂《えんじ》色のカーペットも上品で高級感があった。

「なかなかいいですね……」

洗練されていながら気品漂う空間に、入江は思わず唸《うな》った。

創立七十周年記念を祝うに相応しい豪華さを感じる。

「石橋社長は仕入先総会の会場を決める際にも、招待客の皆さんが集まるのに便利な立地を優先されるんです」

と、微笑む水沢秘書の目には現社長への尊敬が見て取れる。

「なるほど、来場者のアクセスにも配慮される方なのですね。素晴らしい会場ですね」

ここに決めてしまいたい衝動に駆られたが、とりあえず、吉田副社長が推しているという会場も見に行くことにした。次期社長の意向を受けた栗山秋葉が強く推薦する会場を見もしなかったことがバレたら何を言われるかわからない。


それは郊外にある老舗会館だった。

広々とした日本庭園に四方を囲まれており、外観には歴史が感じられる。が、一歩中に入ると、内装は新しく、先ほどの高級ホテルに負けずとも劣らない。

何よりも緑に囲まれた佇《たたず》まい、大きな窓からの景色が美しい。

「ここはここで捨てがたい品格がありますね」

赤坂ほどアクセスはよくないが、記憶に残りそうな素晴らしい建物だ。

「ここはかつて皇室関連の行事にも使われていた場所で、格付けで言えば申し分ない会場です。吉田副社長は石橋社長より十歳ほどお若いのですが、ミツバ電機に相応しい品位を求められる方なのです」

と、通路の大きな窓越しに池の方に視線をやっている永野秘書が目を細める。

「私たち、杉本派でも栗山派でもないんですけど、現社長も副社長も立派な方だと思ってるんです」

ふたりはトップツーに対して敬意を払っているようだ。

――このふたりはまだ杉本さんにも栗山さんにも毒されてないんだな。なのに、派閥争いに巻き込まれて困惑してるんだ……。

「あの……。せっかくなので、ここでお茶してから帰りませんか？」

もう少し、彼女たちの話を聞いてみたくて、会館のティールームに誘った。

「永野さんはどうして秘書に？」

バロック音楽が流れる広いティールームで、入江は入社二年目の永野唯香に聞いてみた。

「私は小学生の頃から秘書という仕事に憧れてたんです。まあ、ドラマの影響なんですけどね。そのために、大学時代に秘書検定も受けて」

と、彼女は当時の気持ちを思い出したみたいに瞳を輝かせた。

「だけど、ミツバ電機の秘書たちを見て、すっかり幻滅しました。今すぐにでも転職したいんですけど、すぐ辞めちゃうと次の就活で印象悪いかな、って。三年は耐えなきゃいけないかな、って思ってるんですけど、もう病みそうです」

そう言って永野は辛《つら》そうに目を伏せた。

そして、入社三年目の水沢凜子は大学の学部推薦でミツバ電機に入社したという。

「この会社に推薦がもらえた時はすごく嬉しくて、誇らしい気持ちで一杯だったんですけど……」

水沢はティーカップを持ったまま、深い息をひとつ吐いてから続けた。

「実は私、来年、結婚が決まってて。ミツバ電機のことは好きだし、この会社の社員だということに誇りも持ってるし、本当は結婚後も続けたかったけど、この機会を逃したら、もうこの地獄のような職場から永遠に逃げ出せないような気もしていて……」

大学推薦で入社しているので、それなりの理由がないと退職しづらいという。

「秘書室で杉本派にも栗山派にも属していないのは、あなたたちふたりだけなんですか?」

入江の質問に水沢が「ええ……」と表情を沈ませる。

「毎日のように、両方の派閥から『どっちにつくつもりなの?』と責められて」

でも、本音を言えば、どっちも嫌いです、と永野が険しい顔になる。

やっとふたりとの距離が縮まり、入江に対して本音で話し始めてくれているのを感じた。

「結婚が決まってる水沢さんの場合、仕事と家庭を両立するための異動は考えなかったんですか？　何も辞めなくても……」

「私、去年も一昨年も異動希望を出したんですけど、そうそうすぐには希望が通らないみたいで……」

水沢がその顔に失望感を露わにする。

「五年伝説ってありますよね。五年間、異動希望を書き続けたら異動できるっていうミツバの都市伝説みたいな話、聞いたことあります」

入江は社内で実《まこと》しやかに囁かれている噂を冗談めかして言ったのだが、水沢は、

「五年も秘書室にいたら、性格が破綻します」

と、力なく笑った。

「すぐに異動できる人が羨《うらや》ましい」

そんな永野の呟きに、入江はわけもなく申し訳ない気持ちになる。

――僕の場合、希望したわけでもないのに、入社して一年にも満たない内に三つの部署を転々としてるんだけど。

エヘへ、と笑う入江を永野と水沢が不思議そうに見ている。なんで、この話の流れで笑っているのだろう、という顔だ。

入江は咳払《せきばら》いをひとつしてから話題を変えた。

「それはそうと、杉本咲良さんはこの先社長秘書じゃなくなるというのに、どうしてあんなに強気でいられるんですかね?」

社長が絶大な権力を持っているために社長秘書の杉本が秘書室での力を増してきたのだ、と入江は聞いていた。

社長秘書にそれほどの影響力があるというのであれば、なぜ杉本は次期社長秘書となる栗山に対して一歩も譲らない態度が取れるのだろうか。

「杉本さんはミツバ電機の大口取引先、家電量販店チェーンの『エディバシー電機』の社長令嬢なの」

永野さんが苦笑した。

「ええ!? あのエディバシーですか!?」

エディバシー電機は全国に超大型店舗を五十店以上も展開する巨大企業だ。

彼女たちの話によると、杉本咲良は大学卒業後にミツバ電機に縁故入社。役員さえもが気を遣っているという。

自分のような平社員が太刀打ちできる相手ではなさそうだ、と入江が眩暈《めまい》を覚えた。

しかし、間もなく、社長の威を借る秘書状態になるであろう栗山秋葉も負けてはいないだろう。

秘書室における仁義なき戦いはますます激化するに違いない。

入江がげんなりした時、水沢が口を開いた。

「で、会場はどうします？」

入江は出張の目的を忘れ、優雅に紅茶を飲んでいる自分に気づいてハッとした。

「あ。そうでした。それを決めないと。会場はどちらも良かったんですが、どっちを選んでも角が立ちそうで」

どちらを選択しても、杉本か栗山のどちらかから恨まれ、敵視されることになるのだろう。

入江が溜め息を吐くと、ふたりの秘書も意気消沈するような表情になった。

「この会館と、先に見た赤坂のホテル以外に候補はないんでしょうか？」

「そうですねえ……。今回のふたつの候補以外で、過去に記念式典などのイベントで使われた実績があるのは、ミツバ電機の研修センターぐらいですかね」

水沢秘書が記憶を辿るように腕組みをして答えた。

「え？　研修センターですか？」

新入社員は入社後すぐ研修センターに集められ、家電メーカーの仕事を理解するための座学を受講した。

「あの専門学校とビジネスホテルの中間みたいな所で？」

入江が聞き返すと、水沢は笑って手を軽く横に振った。

「あの都内にある一般社員用の施設ではなくて、みなとみらいにある役員研修センターのことです。研修センターと言っても宿泊フロアは全室スイート仕様で、館内にある大ホールからは海が見えて。ホテルのバンケットルームにも負けないぐらいゴージャスなんですよ。館内にある有名レストランから食事のケータリングも可能ですしね」

入江が研修を受けた味気ない建物とは雲泥の差があるようだ。

「へえ。横浜《よこはま》かぁ。いいかも知れませんね」

入江は残りの紅茶を飲み干した。

「これ以上おふたりを引っ張り回したら業務に支障が出ると思うので、僕ひとりで研修センターも見てきます。住所を教えてもらえませんか？」

そう申し出ると、ふたりは「そうですね」「そろそろ帰らないと」と残念そうに笑った。

ミツバ電機の研修センターは桜木町《さくらぎちょう》駅から少し歩いた場所にあった。

「ここか」

特徴的なオフィスビルやホテルが建ち並ぶ一角にありながらも、大理石のエントランスが目を引く。

外観は一流ホテルのように見える。

が、ＭＩＴＳＵＢＡ－ＥＬＥＣＴＲＩＣＳの文字と見慣れたクローバーのロゴが、ミツバ電機の関連施設であることを表している。

中に入り、広い受付カウンターで用件を告げると、スーツ姿の年配の男性が飛んできた。

「今日は急にお邪魔してすみません。秘書室の入江と言います」

名刺を差し出すと、相手も同様に名刺を差し出しながら、

「お疲れ様です。当施設のセンター長をしております、長瀬《ながせ》と申します。本日は内覧にお立ち寄り頂きまして、ありがとうございます」

と柔和な微笑を浮かべる。

「どうぞ、こちらへ」

長瀬センター長は先に立って歩きながら、研修センターの中を丁寧に見せてくれた。

会議室やホールだけでなく、レストランや宿泊施設もある重厚で立派な建物だ。

「時節がら研修の規模も縮小されておりまして、宿泊施設や会議室の利用も少なめです。最近は会議もリモートが主流ですから。レストランやカフェも以前ほどは利用客が戻らず……。そういう大きなイベントで利用して頂けると大変助かります」

定年退職後の再雇用でこの施設に出向しているというセンター長は、まだ内覧段階とはいえ嬉しそうだ。

「こんな素晴らしい施設を利用しないなんて、勿体《もったい》ないですね」

それは社交辞令でなく、正直な感想だった。


入江が横浜の研修センターの下見を終えて、秘書室に戻った時にはもう午後八時を回っていた。

さすがにもう誰もいないだろうと思っていたのだが、秘書室の廊下が明るい。

「え？　水沢さん、永野さん、まだ仕事してたんですか？」

既に他の秘書たちや宮部室長は帰宅した後らしく、ふたりだけが仕事をしている。

「案内状を入れる封筒の宛て名書きを終わらせておかないといけなくて」

と答えながらキーボードを叩いている永野は泣きそうな顔をしている。

「あとは会場が決まったら案内状を印刷して封筒に入れるだけの状態にしておかないと、絶対に間に合わないです」

水沢の方は案内状の文面を作っているようだ。

「そういう肝心な実務作業は杉本さんも栗山さんもやってくれないんですか？」

入江がそう尋ねると、永野は言いにくそうに、

「お互い相手の派閥に雑用を押しつけて下請け扱いしようとするので誰もやる人がいなくて。だからこういう雑務はどちらの派閥にも属さない私たちがやるしかなくて」

と情けなさそうに言って唇を噛む。

が、永野はすぐに気持ちを切り替えたようにニコリと笑った。

「けど、今日は入江さんが昼間、ここから連れ出してくれて気分転換できたので、頑張れます」

その笑顔が、入江の目には痛々しく映った。

——金曜日だというのに……。こんなことが常態化しているのか……。

そんな思いをしてでも仕事を間に合わせ、祝賀式典を成功させたいという彼女たちの責任感がひしひしと伝わってくる。

「わかりました。僕にも手伝わせてください」

三人で手分けをして招待状の下準備をし、何とか日付が変わる前に会社を出ることができた。

しかし、ふたりは心身ともに疲労困憊《こんぱい》している様子だった。

4

土日を悶々《もんもん》と過ごした入江は休み明けの月曜日、人事部を訪れ、檀上美沙子に先週の出来事を報告した。

「ふーん。ふたりの秘書による派閥争いか。それが秘書室の離職率が高い原因なのだな」

感心する美沙子の反応に入江は意外そうな顔をした。

「え？　離職率？　そこですか？　仕事がうまく回らず、一部の秘書に負荷がかかり、秘書室が組織として機能していないことの方が問題では？」

「人事部としては離職率が問題だ」

そう言い切る美沙子に、入江は軽い失望感を覚えた。

今、その職場で苦しんでいる社員のひとりひとりの事情よりも、数字の方を重視しているように聞こえたからだ。

「で、会場はどこにするつもりだ？」

口を噤《つぐ》んだ入江に、美沙子がデスクに身を乗り出すようにして尋ねる。

「え？　あ、ああ。赤坂の高級ホテルや郊外の老舗会館も良かったんですが、みなとみらいの研修センターも悪くありませんでした。仕入先の役員クラスは社用車やハイヤーで来るでしょうし、公共交通機関を利用する来賓や社員向けには横浜からシャトルバスを出せば、さほど不便でもないかと。費用を社内で回すことができるというメリットもありますし」

「つまり、杉本派にも栗山派にもつかないという意思表示でもあるのだな？」

改めてそう確認され、入江は一瞬、怯んだ。

――いやいや。水沢さんや永野さんがどちらの軍門にも降《くだ》らず、黙々と仕事をしているというのに、僕が怖気《おじけ》づいてどうする。

入江はぐっと顔を上げて胸を張った。

「ええ。どちらの意見を採用したとしても、採用しなかった方からは睨まれることになるでしょう。それなら、どちらにもつかないというスタンスで冷遇される方がマシかと」

孤立してしまうかも知れないが仕方ない、と入江が力なく笑った。

「良かろう。では、ひとつ策を授ける」

そう前置きをした美沙子は、入江の目をじっと見据えて言った。

「よいか。必ずリハーサルをするのだ」

「リハーサル？」

「そう。小規模で良い。とにかく、当日と同じ手順を踏んでやってみよ」

入江はすぐに手帳を出し、パーティーまでの日程を確認した。

本番まで二十日もない。

「研修センターは融通が利くので、すぐにでも予約できると思います。が、立食パーティー用の料理や送迎の手配まで本番さながらにやってみるとなると……。たとえ小規模でも準備にはそれなりの時間がかかります」

「そんな悠長なことでどうする。リハーサルで想定外のことが起きても、本番までにそれをリカバーできる日程で設定しなければならない」

確かに……、と入江が小さく息を漏らした。

「会場を研修センターに定めることで、そなたが頼れるのは水沢と永野の二名だけ。室長の宮部は今、生ける屍《しかばね》も同然。孤立無援の状況で一大イベントの準備をしなければならないのだ。不安もあろうが、今や記念式典の成功はそなたの双肩にかかっていると言っても過言ではない」

「え？　僕の肩に掛かってるんですか？」

今さらながら重責を感じる。

「リハーサルは私も密かに見せてもらおう」

「密かに？」

どうやって？　と入江は心の中で聞き返す。が、美沙子の返答は曖昧だった。

「うむ。私は会場の一部になりきって紛れ込み、リハーサルの様子を見る。その上で対応を考えさせてもらおう」

入江の頭の中に迷彩服を着て戦場に同化している美沙子の姿が浮かぶ。その鬼軍曹という言葉にぴったりの姿を想像するだけで圧倒された。

いやいや、そんな格好で研修センターに現れたら余計に目立ってしまう。

「どんな格好をしたところで、檀上部長に気づかない人間がいるでしょうか？」

「私の得意技は気配を消すことだ」

「はぁ……」

入江は不安を拭えなかった。


入江をフロアに残し、美沙子は統括役員である天野徹の部屋へ向かった。

「失礼します」

重役室の窓から外を眺めていた天野が、クルリと椅子を回して美沙子の方を向き、クールに微笑みかける。が、やはりその瞳はどこか怯えている。

顔を合わせる度、美沙子をレストランやバーに誘う男だ。

「檀上君。君がここに来ると嬉しいような怖いような複雑な気持ちになる。今も心臓がバクバクいってる。ドキドキとザワザワが入り混じった不気味な感覚だよ」

ミツバ電機最年少役員の口許が歪んだ。

が、美沙子は恐ろしく軽いトーンで、「そうですか」と受け流してから本題に入った。

「天野取締役に人事のことで御相談があります」

「そうだろうね。それ以外の理由で君がここへ来たことはないからね」

天野は必死で余裕を見せるかのようにゆったりと足を組み替え、美沙子を見上げる。

「でもさぁ、檀上君。君はいつも『相談』って言うけど、僕の意見なんて一回も聞いたことないよね？　この前も結局、調達部で大ナタ振るって坂井部長を斬っちゃったよね？」

「ええ。おかげで坂井部長から上納金を得ていた役員がひとり、退任となりました」

するとと、苦渋の表情を浮かべていた天野の顔がパッと輝き、急に潑剌《はつらつ》とした顔になった。

「そう！　そうなんだよ！　あの一件で僕の上にいた山井《やまい》取締役が脱落して、ボードまでの順位が一個繰り上がっちゃったんだよね」

と、今度は満面の笑み。

が、その笑みは一瞬で鳴りを潜め、唇を震わせながら恐る恐る尋ねる。

「で……。また誰か斬っちゃうつもり？」

「はい。秘書室の秘書を二名ほど」

すると、天野は少し安堵《あんど》したように両方の肩をストンと落とした。

「なんだ、今回は秘書か。それなら良きにはからえ、だよ」

秘書ごときが斬られたところで自分の地位が揺らぐはずはない、と確信しているような顔だ。天野の頬が緩んでいる。

「ご承認、ありがとうございます。では、社長秘書の杉本咲良と副社長秘書の栗山秋葉に引導を渡してきます」

「あ〜、ダメダメ！　栗山君の方は良きにはからえ、だけど、杉本君は斬っちゃダメだよ。彼女は……その……何ていうか……。つまり、うちの大切な取引先からの預かりものなんだから」

「つまり、コネ入社の人材には配慮しろと？」

美沙子が詰め寄ると、天野はハッとしたように両方の手で口を押えた。

「いや。僕は縁故採用の口利きなんてしてないからね」

「ええ。わかってます。あれは悪しき慣習です。天野取締役は勢いのある上司に次々と乗り換えながらここまで登り詰めた日和見主義の権化のような方ではありますが、知り合いの子女を縁故採用するような面倒見の良さはない、と認識しております」

「いつもながら、褒められてるのか貶されてるのかよくわからないんだけど」

天野が脱力したように半笑いになる。

だが、美沙子は表情を緩めない。

「縁故だろうが一般採用だろうが、分をわきまえない人間に秘書は務まりません」

「それはそうだけど……」

と言い淀んだ天野は溜め息を吐いた。

「結局、君は僕が何と言おうと伏魔殿に斬り込んじゃうんだね。けど、怖いよ？　あそこに棲《す》んでる女たちは」

「存じております。なるべく天野取締役に御迷惑がかからぬよう、ふたりまとめて追い出しますので」

「また、なるべく、なんだね。それに、やっぱり杉本君も追い出しちゃうつもりなんだね？　大口顧客のエディバシー電機がどう反応するか、めちゃくちゃ怖いんだけど」

天野が身震いする。

それまで無表情だった美沙子がニコリと白い歯列を僅《わず》かに覗かせて笑った。

「そう言えば今回の役員人事で現副社長が新社長に就任。専務のひとりが副社長にスライド昇進しました。こうなると、間もなく天野取締役の専務昇進も視野に入ってきます。ボード入りがまた一歩近づいてきましたね。特にこれといった活躍をすることもなく」

「またまた～。僕はそんな大それたことは考えてないからね。けど、ボード役員になった暁《あかつき》には愛人のひとりぐらい囲ってもバチは当たらないんじゃないかと思ったりしちゃってるんだよね、檀上君」

天野は良からぬ想像をしているらしく、その口許がニヤついている。

「あなたのお立場で側室など持った暁にはとんでもない天罰が下ると思いますよ？　縁故結婚の奥様の御実家から天誅《てんちゅう》が下るのは間違いないでしょう」

美沙子に指摘され、天野がハッと両手で口を押えた。

その隙に美沙子は「では」と報告を終え、重役室を出た。

5

入江は自らも予言した通り、会場を横浜にある研修センターの大ホールに決めたせいで、杉本派からも、栗山派からも冷遇されるようになった。

それまでは双方の派閥女子が別々にお茶やコーヒーを出してくれ、湯呑《ゆの》みとマグカップがひとつずつ置かれていたデスクの上には、自分で買ってきたペットボトルの水だけが置かれることになった。

――それにしても露骨だ。

業務時間、秘書室の誰も入江に声を掛けてくることはなく、他の秘書たちの仕事の進捗もわからない。

水沢と永野も秘書室内で入江に話しかけることはなくなり、距離を置いている。

彼女たちを巻き込まないために、入江から提案したことだった。

彼は杉本と栗山がどちらの派閥にも属さないふたりに対して、ことあるごとに辛く当たっているのを目の当たりにした。その上、杉本と栗山から敵視されている入江と仲良くしたらもっとひどい目に遭うと思ったからだ。

水沢と永野を守るためとはいえ、孤立無援、暗中模索の状態で、入江は大量の実務をこなさなければならなくなった。

本番一週間前に設定したリハーサルの前日。

入江がひとりで残っている秘書室に、いったん退社したと見せかけて戻ってきた水沢と永野が準備を手伝ってくれた。

「配席表を出力してきました？」

水沢が入江に手渡した用紙には、円卓ごとに出席者名が振り分けられ、会社名と職位とが記載されている。

出席者が決まってからいちばんに、水沢が、折り合いが良くないと言われている会社の来賓同士が隣り合わせにならないよう配慮して作ってくれたものだ。

「ありがとうございます」

受け取った入江は準備リストから配席表の文字を消す。

だが、リストにはまだまだやるべき仕事がズラリと並んでいた。

――やばい。まだリハーサルまでにやらなきゃいけないことが半分以上残ってる……。

入江が焦りを覚えた時、水沢が薄いファイルを持ってきた。

「入江さん。これ、私のデスクに置いてあったんですけど……。立食パーティー用のお料理です。栗山さんが作ってくれてたみたいで」

ビュッフェ形式の料理が写真付き、レシピ付きで印刷されている。

メニューは豪華でバラエティに富んでいた。

「これだけでも助かりますね。僕、料理とかよくわからないし」

すると永野もプリントアウトした用紙を一枚、入江に手渡した。

受け取って一瞥すると、そこにはタクシー会社の名前と駅名、送迎時間などが一覧になっている。

「横浜駅と新横浜駅からの送迎ハイヤーは杉本さんが手配してくれてたみたいです。共有の準備フォルダーにデータが入ってました」

「そっか。一応、自分たちが担当だと思ってることはやってくれてるんだな」

当たり前のことだが、ちょっとだけ見直した。

「けど、まだできてないことがヤマほどありますが……」

永野が肩を落とす。

とはいえ、落ち込んでいる暇はない。

食事をとる時間も、休憩する暇もなく、三人でひたすら仕事を片付けていく。

日付が変わった時、水沢秘書がポツリと言った。

「私……。やっぱり結婚した後もここで仕事を続けるのは無理だわ……。すぐには異動も難しそうだし、やっぱり寿退社っていうのが一番綺麗《きれい》な辞め方なのかな……」

彼女は我慢の限界が来たように嗚咽《おえつ》を漏らし、涙を零《こぼ》した。

すると、永野ももらい泣きするみたいに、

「私も……。水沢さんがいなくなったら無理です。本当は今すぐにでも転職したいんです。水沢さんがいてくれるから何とか持ちこたえてるだけで……」

と目尻を拭い、項垂れる。

すると水沢が席を立ち、永野の傍へ寄って慰めるように抱きしめた。

「ちょ、ちょっと待ってください。あなたたちふたりは秘書室の良心です。ふたりとも辞めてしまったら、秘書室は完全に機能しなくなります」

何とかふたりに思いとどまってほしくて入江は必死になだめた。

入江は励ましの言葉を探しながら、ふと檀上美沙子が言っていた秘書室の離職率が高い、それが問題だ、という言葉を思い出す。

――こうやって会社を辞めていくひとりひとりが職場の中で占める割合が離職率……。すべて数字に表れてるんだ。

「もう少しだけ頑張ってみましょう。僕の力では大したことはできませんが、見る人は見ていますから」

美沙子の氷のように冷たい視線を思い出し、入江の腕に鳥肌が立つ。

――しかし、いくら檀上部長でも、エディバシー電機の令嬢を断罪できるのだろうか……。

一抹の不安が過《よぎ》った。が、それを考えても仕方がない。

「と、とにかく、今は祝賀パーティーを成功させることだけに集中しましょう」

「そうね。これを成功させることができたら、いい思い出になるかも」

水沢は諦めの表情を浮かべながら力なく笑う。

「はい……。私も一緒に頑張ります」

永野も目許を赤くしながら答えた。

そして迎えたリハーサル当日。

美沙子の指示で、その日にリハーサルを行うことは杉本咲良、栗山秋葉両名およびその一派の耳には事前に入らないようにしていた。

そして、午前九時の始業と同時に、入江は何食わぬ顔で秘書室のメンバーに向かってアナウンスした。

「本日、午後一時より祝賀式典および就任披露パーティーのリハーサルを行うことになりました。業務に支障のない方はみなとみらいの研修センターへご参集ください」

水沢と永野以外のメンバーにとっては寝耳に水。秘書室の中がざわついた。

案の定、杉本が般若《はんにゃ》のような顔をして、

「はあ？　そんな話、聞いてないけど？」

と不満そうな声を上げる。一方の栗山は無言で入江を睨みつけていた。

どっちも怖い。

入江は午前中、針の筵《むしろ》に座っているような気分で仕事をこなし、正午になると同時に横浜へ移動した。

研修センターのホールでは既にリハーサルの準備が始まっていた。

当日と同じ数の円卓には招待者の名札が置かれている。

が、カトラリーやグラス、食器が置かれているのは各テーブルにひとつだけ。

なるべく経費や労力をかけずに本番を想定せよ、というのが美沙子の指示だ。

そう言えば、檀上部長はどこに？　と入江はホールの中を見渡す。

——あ……。

気配を消し、ホールスタッフに紛れ込んでみせる、と豪語していた美沙子の姿は、すぐに入江の視界に入った。

なぜか上司はホテルのロビーで見かけるコンシェルジュのような黒い生地に、細いゴールドのラインが入った制服を着て、胸には『総支配人』と記された金色のプレート。

スタッフが忙しく立ち働く中、堂々と腕組みをしてホールの中央に立って現場を監督している風だ。

——ホテルならともかく、研修センターに総支配人なんているのだろうか？　それに気配を消すどころか、一番目立ってるような気が……。

檀上美沙子はいつにも増してタダモノではないと感じさせるオーラを放っている。

「入江さん。あの女性総支配人、すっごくカッコ良くないですか？」

案の定、永野が入江を肘でつつきながら感想を漏らす。

「ほんと。キャリアウーマンって感じ。素敵よね」

水沢もまさかあれが自社の管理職だとは気づいていない様子で、視線が釘付けになっている。

堂々と目立ちすぎていて、逆に誰も美沙子が部外者だとは思っていない様子だ。

「水沢さん、永野さん。と、とにかくリハーサルを始めましょう。では、来賓のお迎えから」

入江が中心となって、ホールの入口前に受付の設営を行った。

三つ並べた長机に真新しい白布を掛け、上に芳名帳や名札が五十音順に並べられた箱を置く。

招待客へ事前に送付しておいた案内状に同封した招待券を来賓から受け取り、代わりに名札を渡すという段取りだ。

設営したばかりの受付に、杉本が退屈そうに立っていた。

——彼女は受付を手伝ってくれるということなのかな……。

一抹の不安を感じ、こちらにはもうひとり、永野を配置した。

入江自身も受付業務がスムーズに運ぶかどうかを確認するため、その場に留《とど》まった。

ほどなくして、招待客役の宮部室長が憔悴した様子で現れた。

「入江君！　大変だ！」

宮部室長はふらつきながらも速足で受付の前まで来て、

「新横浜駅からシャトルバスに乗ってきたんだが、何気なくドライバーに聞いたら、ウチの会社から本番当日の配車は頼まれていないというんだよ！」

と、額の汗を拭いながら言う。

「ええ!?　そんなバカな！　杉本さんがシャトルバスとハイヤーの予約をしてくれてると聞いたんですが……」

そう言いながら目をやった杉本は知らん顔をしている。

当日の主役、新社長に恥をかかしてやろうとでも思っていたのだろう。

招待状に同封されている地図には、会場までの送迎を行うシャトルバス乗り場が載っている。

──まさか……。杉本さんが故意に本番当日の予約を入れてないのだとしたら……。

当日のシャトルバス乗り場は、いつまで経《た》っても来ない研修センター行きの送迎バスを待つ招待客で溢《あふ》れ返ってしまっていたかも知れない。

その状況を想像し、入江はゾッとする。

宮部はスマホを出してフリーダイヤルの番号を入江に見せながら言った。

「そのドライバーに業者の代表電話番号を聞いておいたから、今すぐ予約を入れないと！」

戸惑っている入江に、永野が「私が確認します」と連絡を申し出てくれた。

その後、更に不手際が見つかった。

「え？　料理って、これですか？」

栗山が手配してくれたらしい、と言って見せられたメニューと、実際に提供された料理とが全く違っていたのだった。

今日は本番の十分の一の量で再現してみてください、と頼んでいたのだが……。

栗山がファイルしていたメニューにずらっと並んでいたオシャレなピンチョスやポトフはどこにも見当たらず、たこ焼きや焼きそば、串揚げといった夏祭り会場のようなメニューばかりで、おおよそ大企業の祝賀パーティーに似つかわしいとは言えない。

「あの……。本番と同じメニューを少量ずつとお願いしたんですが」

入江がホールスタッフの責任者に声を掛けると、彼はバインダーから注文書を取り出し、

「ミツバ電機さんですよね？　秘書室の栗山さんからのオーダーはこちらで間違い

ありませんが……」

と言葉を途切れさせながら入江に手渡した。

「これは……」

明らかに用意されていたビュッフェメニューと異なっている。

栗山は会場の隅に立って壁にもたれ、退屈そうに人差し指に髪の毛を巻き付けて、欠伸を嚙み殺している。

騒動は耳に届いているはずなのに、先ほどの杉本同様に栗山も我関せずといった態度で、顔には薄笑いを浮かべている。

入江は奥歯を嚙みしめた。が、すぐに気持ちを切り替え、ビュッフェコーナーにいたレストランスタッフに声を掛けた。

「すみません！　すぐにメニュー変更をお願いします！」

傍にいた水沢が「私がセレクトします！」と言って、スタッフと一緒に会場の隅で打ち合わせを始める。

入江は自分の背中に冷たい汗をかいていることに気づいた。

――危うく会社の体面を汚すところだった……。

それ以外にも会場に飾る看板が手配されていなかったり、いつの間にか配席表データが改竄《かいざん》されていて、同席NGの招待客が同じテーブルにされていたり……。

――ダメだ。ギリギリのスケジュールでやっているのに、こんなに妨害が入ってしまったら、絶対に失敗する……。

入江は美沙子が不手際をリカバーできるタイミングでリハーサルを行え、と言った理由がようやくわかったような気がした。

しかし、内部から足を引っ張られるのだから手の打ちようがない。

無力感に苛まれ、青ざめる入江の横で、水沢と永野が唇を噛む。

「あんなに毎晩遅くまで頑張ったのに……」

「私たちの努力は一体何だったの……」

ふたりが声を震わせている。

「水沢さん……、永野さん……。ごめんなさい。僕に力がないばかりに……」

入江も敗北感に打ちのめされ、自分の目が潤むのを感じた。

その時、ホールの高い天井にコツン、コツンと硬質なヒールの音が響いてきた。

そして、パンパン！　と来賓が座る予定の円卓の中央辺りで手を叩く音がする。

ホールにいた全員がそちらに目を向けた。

注目を集めるように手を叩いた人物は、総支配人の格好をした檀上美沙子だ。

「秘書室の実態はしかと把握しました」

　そう言い放った美沙子は胸ポケットから抜いたシルバーの指し棒を引き伸ばし、その先端をビシリと杉本に向けた。

「杉本咲良。その方は石橋社長の秘書でありながら、祝賀パーティーを失敗させ、次期社長である吉田副社長の面目を潰そうとしている」

　入江のことは歯牙《しが》にもかけていない態度を取っていた杉本だが、美沙子には圧倒されている様子で、明らかな動揺を見せている。それでも、

「は？　何を言ってるの？　そんなわけないでしょ。私は……」

　と弁明しようとする。そんな杉本を無視した美沙子は、今度は栗山に指し棒を向けた。

「栗山秋葉。そなたはライバルの仕事を妨害し、あたかも敵対する派閥の者たちが無能であるように見せかけようとした。だが、それは取りも直さず、会社の顔に泥を塗るということ。そんなことは火を見るよりも明白であるのに、己の欲求を抑えられないとは嘆かわしい」

　すると栗山はその顔に不快感を露わにした。

「さっきから聞いてれば何よ。たかだか研修センターの総支配人が偉そうに何を言

ってるの？　こっちは本社のボード秘書なのよ？」

　ふっと冷笑した美沙子は栗山に指し棒を向けたまま、じりじり栗山との距離を詰めた。

「その方らは思い違いをしておる。周囲の者がそなたらに気を遣うのはそなたらが偉いからではない。そなたらの上司が偉いだからだ」

　そう断罪されても、ふたりのボード秘書に反省の色は見えない。

　杉本が嘲笑《あざわら》うように一歩前に踏み出し、美沙子に尋ねた。

「そういうあなたは偉いの？」

　すると、やれやれ、といった様子でかぶりを振った美沙子は再び口を開いた。

「私も偉くはない。一介の社員に過ぎぬ。だが、研修センターの総支配人は世を忍ぶ仮の姿。私はミツバ電機の掟《おきて》をつかさどる者。社内には私のことを『人斬りの美沙』と呼ぶ者もいる」

　美沙子は不敵な笑みを浮かべた。

　――いや、一度見たら忘れられないインパクトと存在感のある容姿なんだけど、秘書のふたりは檀上部長と面識がなかったんだろうか。

　まるで水戸黄門の印籠や、遠山の金さんの入れ墨を見せつけられた悪党どものように、今さら驚愕の表情を浮かべている杉本と栗山を見て、入江は逆に驚く。

愕然とした顔になるふたりの秘書を前に、美沙子は静かに諭し始めた。

「秘書は役員の影。役員の仕事はうまく回って当たり前。秘書はそのための黒子であろう。上司の面子《メンツ》を軽んじるその方らに秘書の資格はない」

往生際悪く、栗山が言い返した。

「いくら人事部長でも、ナメてもらっちゃ困るわ。こっちは十年近く、役員イベントを仕切ってきたのよ。私たち抜きでボードメンバーが満足するような祝賀会ができると思ってるの？」

美沙子は唇の端を持ち上げて冷やかに笑った。

「社員の誰かが抜けたからといって回らぬような会社は三流。たとえそれが重役であったとしても、その穴を埋められる人材が育っていてこそ一流企業。社員一万人を擁するミツバ電機には多彩な人材が在籍しておる。各部署から適任者を集めれば、成功しないイベントなどない」

杉本と栗山はようやく事の重大さに気づいた様子で口を噤《つぐ》んだ。

「杉本、栗山の両名に自宅謹慎を申し渡す。追って沙汰あるまで大人しく禁足し、反省せよ」

ふたりはまだ何か言いたげに美沙子の顔を見ていたが、やがて諦めたように重い足取りでホールを出ていった。

6

リハーサルの日から土日を挟んで休み明けの月曜日。

美沙子は自分が切った啖呵《たんか》通り、すぐに他部署と連携し、適切な人材を二十名ほど集めた。

「入江。祝賀イベントの総監督はそなたに任せる」

「ははっ」

主に広報部や総務部から集められた社員たちは入江の指揮のもと、あっという間に祝賀式典の準備を終わらせてしまった。

——さすが人事部長。だけど、それなら最初から人を集めて手伝ってくれれば良かったのでは？

そう思わないでもなかったが、杉本と栗山の罪状を明らかにするためにはあのリハーサルが必要だったのだろう、と入江は自分を納得させるしかなかった。

そうして迎えた創立七十周年祝賀式典当日。

会長になった石橋から新社長として紹介された吉田は、自信に満ち溢れた表情で挨拶をした。

ボードふたりの関係は良好らしく、来賓からの祝辞を聞く間、穏やかに微笑み合い、一緒に拍手をしている。自分の秘書たちがいがみ合っていたことなど全く知らない様子で。

会長と社長の満足そうな顔を見て、入江はこれまでの大変な努力がやっと報われたような気がしていた。

来賓も豪華なビュッフェと種類豊富な飲み物に満足しているように見える。

会場は終始、和やかな空気に包まれていた。

こうして祝賀イベントはつつがなく終わり、水沢と永野は、それまで見せたことがないほど晴れ晴れとした笑顔を浮かべて後片付けを始めている。

入江はその笑顔を見ているだけで、達成感と充実感が身の内に漲《みなぎ》り、疲れも吹き飛んだ。

「あ！　僕も手伝います！」

彼はセンターのスタッフと一緒になって、遅くまで荷物の梱包《こんぽう》や運び出しを手伝った。


祝賀イベントの後も入江はしばらく様子を見るよう美沙子に命じられ、一週間ほど秘書室の手伝いを続けた。

杉本と栗山がいなくなった秘書室のまとまりがなくなったのは一瞬のことで、それまでふたつの派閥に分断されていた秘書たちはおずおずとではあったが互いに歩み寄り、宮部室長を中心に協力して仕事をこなすようになった。

結局、杉本、栗山の両名は経理部へ異動させられることになった。

職場秘書ではなく、一般事務職として、だ。

「あのふたりは、まさか自分たちが秘書じゃなくなる日が来るなんて想像もしていなかったんじゃないでしょうか。ふたりともボード役員に気に入られていたようだし、杉本さんに至っては得意先の社長令嬢ですし」

入江は非情ともいえる人事に震えた。

「でなければ、あのような傍若無人な振る舞いはできぬであろうな。あのふたりはこれから自分たちの無力さを思い知ることになるであろう」

美沙子が浮かべた冷たい笑みに、入江は更にゾッとした。


そして、九月の終わり。

入江が人事部へ戻った日、杉本の父親が人事部に現れた。

例の日本有数の家電量販店エディバシー電機チェーンのトップだ。

七十代前半だろうか。杉本社長は恰幅《かっぷく》が良く、ダブルのスーツが似合いすぎてその筋の人に見えなくもない。

――娘が秘書室から異動させられたことへのクレームだろうか？

入江は危ぶんだ。が、美沙子は自分が異動させた娘の父親の来訪にも顔色ひとつ変えず、平然と応接室へ通す。

苦虫を嚙み潰したような顔で美沙子についていく杉本社長を見て入江は心配になった。

あとから人事フロアを出て、足音を忍ばせてふたりの後を尾《つ》け、応接の扉に顔を寄せて中の声に聞き耳を立てた。

「この度は娘の咲良が御迷惑をおかけしたようで」

入江の想像とは裏腹に杉本社長の申し訳なさそうな声がする。さっきの苦々しい表情は娘の至らなさを心苦しく思っている顔だったらしい。

「いえ。弊社の教育が行き届かなかったためだと猛省しております」

つまり、杉本咲良の迷惑行為があったことを美沙子ははっきりと認める。

社長の声は更に恐縮したようなトーンになった。

「咲良は私が四十を過ぎてから生まれた一人娘なもので、ついつい甘やかしすぎてしまい、家でも手を焼いていたんです。それが異動になってから別人のようにおとなしくなって、家の手伝いなんかもするようになりましてね」

美沙子は大口顧客を相手にしているとは思えないような凜《りん》とした口調で、

「しばらくお灸《きゅう》をすえて秘書室に戻せば、企業人としても、もう少しマシになるでしょう」

と言い放った。

聞いているだけでヒヤヒヤし、嫌な汗が出てきた入江はその場をそっと離れた。

自分の席に戻ってひと息ついた時、スマホがスーツのポケットの中で震えた。

水沢と永野と三人で作っているグループトークルームにメッセージが届いている。

『水沢です。この度は色々お世話になりました。私、結婚後も秘書を続けることにしました』

『入江さん、永野です。本当にありがとう。私は転職するのを辞めて、もう少し秘書室で頑張ってみます』

ふたりから送られたメッセージを読んでいると、祝賀パーティーの準備に奔走した日々が蘇り、入江は胸の奥がじわっと温かくなるのを感じた。

第3章　定年と共にダメになるオトコ

1

「うーん……。これは酷いな……」

休憩時間、デスクに肘をついてスマホを眺めている入江が呟く。

「何が酷いって？」

いつの間にか、横から檀上美沙子が入江のスマホを覗き込んでいる。

「わ！」

慌てて画面を消そうとしたスマホを細長い指に取り上げられた。

――ヤバい。

入江が見ていたのは10チャンネル、ミツバ電機の匿名掲示板だ、

「いや、いつも見てるわけじゃないんですよ！　自分は名前も出さないで誰かを誹《ひ》謗《ぼう》中傷するような書き込みは便所の落書きと同じだってわかってます。でも、たまたま会社の名前をネットで見つけてしまうと……。やっぱり、自分の会社についてどういう意見があるのか気になるっていうか何ていうか」

自分でも次元の低い掲示板だと思っている。それだけに、しどろもどろになりな

がらも、必死で言い訳をしていた。

そんなものを会社で見るんじゃない、と窘《たしな》められるかと思いきや、

「確かに匿名のコメントなど無責任な便所の落書きと大差ない。だが、落書きの中にも真実が隠れている場合がある」

「真実……ですか？　こんな所に？」

美沙子は、「とはいえ、私は現地現物主義。そのような品のない掲示板で目を汚すような真似《まね》はせぬが……」と言いながらも、恐ろしいほどの速さでスマホを操作し、画面を凝視している。

「そもそも、こういうのを書き込むのは半分以上が採用試験に落ちた者や理不尽に会社を辞めさせられたと思っているＯＢたち、そして、どこの会社でもいいから大企業の社員をディスりたいだけの者たちだ。が、残りは内部の人間だ。内部の人間が書き込む内容には、往々にして社内の闇が隠されている場合がある」

「そうですね。全くの第三者が書き込むことはあまりないでしょうね。エリート社員が罵られているのを面白がってただ読むだけなのと、そこに書き込むのとではハードルの高さが違いますよね」

「うむ。書き込むリスクがわからぬほど愚かな者ばかりでもないであろう。利害関

係や嫌悪感があるからこそ、リスクがあるとわかっていても書き込んでしまう。自分に不快感をもたらす事象を晒《さら》し、誰かに共感されたくて、わざわざ書き込むのだ」

掲示板の内容をそのまま鵜呑《うの》みにしてはいけない。が、頻出する部署や人物をウォッチしておく必要はある、と美沙子は言う。

「なるほど……。だから、社外の人は絶対に知り得ないような、やけに詳しい内情が書いてあるコメもあるんですね」

「そうなのか？　たとえば？」

美沙子が入江の手にスマホを返した。

「たとえば、えっと……そう！　ここ！　『仕事中の居眠りやネットサーフィンが目に余る』『アイツが私より高い給料をもらってるなんて許せない』『総務のゴミ』『氏ねばいいのに』それから……」

コメントを読み上げる入江を美沙子が遮った。

「もう良い。聞くに堪えぬ。こんな下品な所に書く方も書く方だが、コメントが真実だとしたら、書かれる方も書かれる方だ」

「最近、叩かれてるのは総務部リスクマネジメント課の結城信二《ゆうきしんじ》という課長級の社員です」

入江の言葉に、美沙子がハッとしたような顔になる。

そして、「結城さんが……？」と怪訝そうな顔になって呟いた。

ふだん感情を露わにしない上司だけに、入江は美沙子の顔から目が離せなくなった。

「檀上部長、結城さんを御存知なんですか？」

「昔、世話になったことがある」

そう言ってしばらく黙り込んだ美沙子は、いつになく深刻そうな顔つきだ。

「一体、いつからそのような罵詈雑言を書き込まれるようになったのだ？」

「僕が結城さんの名前に気づいたのは先月です」

それまでは秘書室のイベント準備に追われ、掲示板を眺めるような余裕もなかった。

が、式典も無事に終わり、自宅のベッドで会社関係の記事を閲覧するのが、眠りにつく前の楽しみになっていた。ただ、あまりにも掲示板の罵倒が酷いので、目も冴《さ》えてしまうことも多々あった。それでも興味本位でついついウォッチを続けてしまったのだ。

「この掲示板によると、結城課長は二カ月間の有給消化後、三カ月前に定年退職し、定年延長で引き続き総務に勤務ということのようですね。実質的にはライン長の役職は外れたものの、退職前と同じ条件で再雇用されたみたいです。にもかかわらず、とにかく働かないらしくて」

人事部長である美沙子はもちろん、結城課長の復職のタイミングや待遇は知っているのだろうが。

「うむ。私が結城課長のそれまでの働きぶりから判断し、退職を慰留《いりゅう》するために好条件での定年延長を提案したのだ」

ミツバ電機は六十歳定年であるが、希望者は全員が定年を五年延長できる。が、責任ある職位の終了年齢、企業年金との兼ね合いなどもあって、待遇や給与はぐっと悪くなるのが通常の再雇用制度だ。

つまり、結城課長は美沙子が定年前と変わらない条件を提示するほどの逸材だった……はずなのに……。

入江は考え込む。

「掲示板には『有給休暇を消化するために二カ月ほど休んで出てきた時には別人のように無気力な人間になっていた』と書かれていますね」

美沙子は納得がいかない様子で首を振る。

「解せぬ……。入江。総務部に潜入して調べてくれぬか？」

いつもは殿様風に上から命じる美沙子が、珍しく慇懃な態度で頼んでくる。

「御意」

入江は身が引き締まるような思いで深く頭を下げた。

2

翌日には入江健太郎に総務部リスクマネジメント課への異動辞令が出た。

彼は文具や私物を入れた段ボールを抱え、人事部のひとつ下のフロアへ移った。一角に秘書室のある例のフロアだ。

総務部の中には三つの課がある。主に就業規則や各種規程など、社内ルールを管理する総務課、社外との各種調整や報道を管轄する渉外広報課、そして会社の資産管理や社員の安全管理など、防災を管轄するリスクマネジメント課だ。

五つずつのデスクが向かい合って並んでいるところを見ると、リスクマネジメント課の課長未満の社員は十名ほどのようだ。総務部の中でも人員は少ない課だと言える。

それ以外に他の課と違うのは、この課のブロックの奥に職長席がふたつ並んでいることだ。左側のデスクには誰もいない。右側には四十代半ばに見える銀縁眼鏡の男性社員。

入江の網膜にリスクマネジメント課の組織図とプロフィールが蘇る。

平井《ひらい》雅也《まさや》。結城課長の下で五年間、係長を務めていた。が、結城課長の定年退職により課長代理に昇進。

――ところで、肝心の結城課長はどこへ行ったんだろう。

辺りを見回した。

リスクマネジメント課の社員は忙しそうだ。私語は皆無。ＰＣのキーボードを叩く音だけがしている。

同じ総務部の中でも入江が配属されたリスクマネジメント課は漂う空気が違う。どこか殺気だっていた。

「あれ？　入江君？」

ぼやっと辺りを見回している入江に声を掛けてくる女性がいた。

「あ！　松野《まつの》さん！」

入江と同期入社の女性社員、松野沙里《さり》だった。

彼女は入社式の時より髪が伸び、少しやつれているように見える。

「そうか。松野さんは研修後に総務部へ配属されてからずっとここなんだね」

「ずっと？　って、まだ入社して半年ちょっとだよね？」

「え？　うん。まあ、そうなんだけど……」

秘書室については応援配置だった。が、それをカウントしなくても、入江にとっては今回の異動で既に四つ目の部署だ。

言葉を濁《にご》す入江を、松野沙里は不思議そうな目で見た。

「と、とにかく、今日から僕もリスクマネジメント課に配属になったので、宜しくね」

「え？　そんな辞令、出てたっけ？」

「うん。昨日の夕方に決まって、今朝一番で出たところ」

「へえ。そうなんだ。急だったからこっちに連絡がなかったのかな……」

怪訝そうな顔をした松野だったが、すぐに気を取り直したように「でも、人が増えるのは助かるわ」と微笑んだ。

その笑顔はどこか疲れているように見える。

「ちょうど私の隣の席が空いてるから、どうぞ」

松野がブロック中ほどにある席を指し示した。

「ああ。ありがとう」

入江は指示されたデスクに段ボールを置き、中の物を引き出しに片付けながら聞いた。

「リスクマネジメント課って具体的にはどんな仕事をするの？」

「そっか……。そこからなんだね」

増員を喜んだ松野だったが、入江がすぐには戦力にならないことを察して少し失望した様子だ。それでも彼女は丁寧に自部署の仕事を説明した。

「簡単に言うと災害への備えを行う部署よ。主に災害時に社員の安否確認を行うシステムとか、仕入先がダメージを受けた場合にすぐ代替業者が見つけられるようなネットワークの整備をしたり。あらゆる危機に備える仕事をするところなの」

リスクマネジメント課の重要性を述べた松野が唇の横に小さな笑窪《えくぼ》を作る。

「なるほど……」

入江が頷いた時、フロアの奥からハンカチで手を拭きながらスローモーションに見えるぐらいゆっくりとこちらへ歩いてくる白髪の男性が見えた。

美沙子から見せられたパーソナルシートにあった顔写真が実物の顔に重なる。

「あれが、うちの課長よ」

低く囁くように教えてくれた松野の声には、軽い侮蔑が潜んでいるように聞こえた。

なぜ彼女がそんなトーンで発言するのか、詳しく聞きたかった。が、初日から結城信二のことを突っ込んで尋ねるのも違和感を持たれるような気がして、思いとどまった。

「ふうん。あの人が僕の上司になる人なんだね」

さも知らなかったかのように入江が言うと、松野は、「上司……まあね」と曖昧に呟いた。

が、すぐにまた笑窪を見せ、気さくに言った。

「じゃあ、わからないことがあったら、何でも聞いてね」

「あ。うん。ありがと」

あらかた荷物を片付けてから、入江は結城課長に挨拶をした。

「今日からこちらに配属になった入江健太郎です。宜しくお願いします」

しかし、結城課長の反応は薄く「あ、そうなんだ」とだけ言ってデスクの上に新聞を開く。課員に紹介してくれるでもなく、仕事についての説明をしてくれるでもない。

入江の戸惑いに気づいたのか、結城課長が顔を上げ、

「ああ。仕事については課長代理の平井君にでも聞いてね」

と、素っ気ない。結城課長が目をやった隣の席には銀縁眼鏡の平井課長代理。だが、彼は忙しそうにマウスをカチカチカチカチと動かしている。

とても声を掛けられるような雰囲気ではない。結城課長以外は他の社員も多忙なようだ。

仕方なくそのまま席に戻った入江に対して松野沙里は気さくに接し、細やかに面倒を見てくれた。

午前中、入江はリスクマネジメント課が管理しているネットワークシステムのマニュアルを読んで過ごした。

その間も部署の様子を監視することは怠らなかった。

結城は窓の外を眺めたり、うたた寝をしたり。席を立つ回数も多い。

――うーん……。これじゃあ、書かれても仕方ないな。

掲示板の書き込みに思わず納得してしまう入江だった。

そして、その日の昼休み。

秘書室から出てきた水沢凜子と永野唯香が目敏《めざと》く入江を見つけ、

「え⁉　入江さん？　どうして総務に？」

「入江さんは人事部ですよね？」

と質問攻めにする。

「あ、うん。異動になったんだ」

ふたりの溌溂とした声、生き生きとしている表情を見て、入江はホッとした。彼女たちの明るい顔を見ているだけで、秘書室の環境が良くなったのだとわかるからだ。

「入江さん。ランチ行きましょうよ！」

ふたりが誘ってくれたので、デスクでお弁当を広げている松野に「じゃあ、ちょっと食事に行ってきます」と声を掛けて席を離れた。

松野は疲労の見える顔をしていたが、「どうぞ」と微笑んだ。

「おふたりは結城課長のこと、どう思います？」

食堂に向かいながら聞いてみた。秘書室はフロアの一角に隔離されているとはいえ、同じ総務部なので何か気づいたことがあるのではないかと思ったからだ。

「あー……。結城さんねえ……」

と永野は含みのある言い方をする。が、それ以上は結城課長について言及しなかった。

代わりに水沢が、

「定年前はもっとバリバリ仕事してたんですけどねえ。有給消化で二カ月ほど会社を休んで次に出てきた時には抜け殻みたいになってて。しっかり休んで英気を養ってきたものとばかり思ってたんですけどねえ。まるで別人」

と溜め息交じりに話す。

そして、彼女は定年までの結城課長がいかに有能であったかを語った。

「そうそう。エマージェンシー・メールシステムを構築したのも結城さんなんですよ」

日本のどこかで地震などの災害が起きると自動的に会社から、社員一万人に確認メールが一斉送信される。そして、メールを受け取った社員は本人や家族の安否、自宅の被害状況、出社の可否をインプットして会社に返信。リスクマネジメント課のサーバーにその結果が集約され、瞬時に出社可能な社員数や被害状況が把握されるという画期的なシステムだ。

「え？　あんなすごいシステムを作った人なんですか？」

思わず聞き返す入江に「そうなんですけどねえ……」と水沢さんは残念そうな顔になる。

食堂で定食を受け取る列に並びながら、永野さんも、

「控え目に言って、今の結城さんはほぼ仕事をしてない状態です」

と困惑顔だ。

日替わり定食の生姜《しょうが》焼きを持ち上げながら、入江は考え込む。

「再雇用は給料が激減するのでヤル気がなくなった、なんて人の話はよく耳にするんですが、今も同じ職場で同じ給料をもらって働いているのに、不思議だな。休んでた二カ月の間に何かあったんですかね……」

秘書室のふたりも全く心当たりがないと顔を曇らせる。

彼女たちの食欲を削《そ》いでしまったようだ、と察した入江は申し訳ない気持ちになり、慌てて話題を変えた。

「ところで、最近の秘書室はどうですか？」

途端に、ふたりの頬がパッと上気して瞳が輝く。

水沢が潑溂とした声で秘書室の状況について語り始めた。

「今の秘書室は以前とは別の部署みたいに雰囲気が明るくなりました。宮部室長を中心に一致団結して仕事をするようになったんです！」

「全部、入江さんのお陰ですよ！」

と、永野も言ってくれたが、さすがに面はゆい。

「いや、僕は何も。全て檀上部長のお力です」

それはお世辞でも何でもなく、紛れもない事実だ。

檀上美沙子の名前を聞いた水沢は目を潤ませ、陶酔するような表情になる。

「檀上部長、ほんとカッコ良かったです。以前は情け容赦なく社員を異動させたり解雇したりする人だって噂を聞いてたので、ただ怖い人だと思ってました」

美沙子が派閥争いに明け暮れた先輩秘書たちを断罪した時のことを思い出しているような顔だ。

「陰で『人斬り』なんて呼ばれてるし、パッと見た感じ、無表情で近寄り難い雰囲気だし、私も怖いだけの人だとばかり」

と、永野も申し訳なさそうに言ってから小鉢に箸《はし》を伸ばす。

「確かに無表情で掴みどころがないし、ちょっと怖そうですが、尊敬できる上司です。本当に侍みたいな人なんですよ」

そう言って入江が笑うと、ふたりも同調して頷きながら微笑んだ。

3

昼食を終えた入江は、売店へ寄るというふたりの秘書と別れ、午後の就業が始まる一時よりも少し早めにリスクマネジメント課へ戻った。

「あれ？　松野さん。もう仕事？」

経費削減の観点に加え、休憩時間はしっかり休めるようにという配慮から昼休みに合わせて電灯を落としている薄暗いフロア。

だが、松野のＰＣ画面はふわっと明るい。

「あ、うん。昼休みの時間も使わないと仕事が終わらないんだ」

彼女はモニターを見つめたまま、溜め息交じりにそう答えた。

同情した入江が、

「そっか……。僕、何か手伝おうか？」

と申し出たのだが、彼女は首を横に振る。

「たぶん、無理だと思う。私が今やってるのは課長のアシスタント業務だから。入江君はまずリスクマネジメント課の業務概要を頭に入れてちょうだい」

「そ、そうなんだ」

松野の仕事はよっぽど専門的なものなのだろう、と入江は軽々しく分担作業を口にした自分を反省した。

「わかった。じゃあ、何か僕にできることがあったら言ってね」

入江は松野が貸してくれたマニュアルや資料を眺めて午後の半日を過ごした。

——あとで、ここで見たことを草の者日誌に記録しなければ。

報告のためにリスクマネジメント課のあちこちに視線を走らせるが、松野を含めて、結城課長以外の社員は黙々と仕事をしている。

午後になっても、ぼやっと時間を過ごしているのは結城課長だけだ。

PCを操作したり、モニターを眺めていることもあるが、その雰囲気や表情からして仕事をしているようには見えない。

——あれが掲示板に書かれていたネットサーフィンだろうか。

が、しばらくするとそれにも飽きてしまったのか、結城課長は大きな欠伸をひとつして、席を立った。

——またトイレかな？

そう思いながら結城課長の後ろ姿を見ていると、松野が「課長はいつもこの時間になると出ていって、なかなか戻ってこないのよ」と溜め息交じりに言う。

「そうなんだ……」

入江は結城課長の後を追ってみることにした。

結城課長はトイレの前を素通りしてエレベーターに乗り、一階で降りた。そして受付の前を横切り、ついには本館を出て、社員用駐車場の方へと歩き始める。

——どうしてこんな時間に駐車場へ？

ミツバ電機は、本社自体が郊外にあるため、シフトで働く工場勤務の社員以外でも、自家用車で通勤している社員は多い。

社員専用駐車場は広大であるにもかかわらず、いつも満杯状態だ。抽選で置き場が端の方になってしまうと職場に入るまでに十分以上のタイムロスが発生すると聞いたことがある。

——結城課長、どこまで行くんだろ。

緩慢な歩き方で隅の方へ向かう課長の背中を、入江は車の陰に隠れながら追った。

通勤時間帯から外れている昼下がりの社員用駐車場。

そこにいるのは入江と結城課長ぐらいだ。

――それにしてもなぜ結城課長がこんな時間に駐車場へ？

その時、ドン、と車のドアが閉まる重い音がした。

音がした方を見ると、アマガエル色の軽自動車が停《と》まっている。中で人がごそごそ動いているように見えた。

入江は慎重に結城課長が乗り込んだと思われる軽自動車に近づいた。

体勢を低くして助手席側に回り込み、窓越しに恐る恐る運転席を覗き込む。

――マジか……。

結城課長はフルに倒したシートの上でアイマスクを装着し、鳩尾の辺りで指を組んで、既に入眠体勢に入っているようだ。他に人気《ひとけ》のない駐車場で耳を澄ませば、車の中からバロックの調べが漏れ聞こえてくる。

――課長はいったい何時までここにいるつもりなんだろう。

腕時計に視線を落として見れば、まだ午後二時過ぎ。このまま悠久の時が流れているような車内で眠る課長を見守り続けるわけにもいかず、入江はいったん総務部フロアへ戻った。

リスクマネジメント課のメンバーは相変わらず忙しそうに立ち働いている。中でも松野沙里はかなり忙しそうだ。どこの部署でも慣例的に一番若い女性がやっているコピー用紙やクリップなど備品の補充や、部署宛ての郵便物の仕分けなどをやりながら、アシスタント業務をこなしているからだ。

一方で、課の最高責任者は車の中で安眠中。

――なんだかすごいギャップだな……。

入江は再び資料に目を通し始めたが、結城課長はなかなか戻ってこなかった。課長がいなくても組織が回るものなのかな、と思いながら改めてリスクマネジメント課の組織図を眺める。

結城は『課長』と呼ばれ、課長席に座っているものの、隣にはもうひとり『課長』と呼ばれる人物が座っている。平井課長代理だ。

入江が見ていた限り、リスクマネジメント課のメンバーは書類に決裁をもらう際、結城ではなく、平井に印鑑をもらっているようだ。

たいていの部署では定年退職者を責任の重いライン長に据えることはない。

それは定年後に再雇用された社員に重い責任を負わせまいとする配慮だ。

たとえ組織図上であっても、結城のように一旦退職した者が課のトップに据えられているのは珍しい。

――実際、結城課長の現在の働きぶりからして課長職は無理だろう。

歪《いびつ》な組織に首を傾げたり、マニュアルを眺めたりしているうちに定時前になった。

が、まだ結城課長は戻ってこない。

入江はトイレに立つふりをして駐車場へ向かった。結城課長はまだ寝ているのだろうか、と危惧しながら。

すると本館を出た辺りで見覚えのある軽自動車が一台、こちらへ走ってくるのが見えた。

――あの特徴的なアマガエル色の車は、忘れもしない結城課長の車だ。

遠目に見ていると、その車は本館近くにある来客用駐車場に停まった。

来客用駐車場は文字通り、ミツバ電機を訪れるお客様専用駐車場であり、特別な理由もなく社員が自分の車を停めることは許されない。

が、この時間になると来客者はグッと減り、来客用駐車場はガラガラになる。

――まさかこの時間を狙って車を本館の近くに置いておき、ちょっとでも早く帰ろうという算段なのだろうか？

いやいや、いくらなんでもそんな管理職はいないだろう。自分の猜疑心《さいぎしん》を振り払う。

が、次の瞬間、来客用駐車場の方から、車のキーホルダーをクルクル回しながら本館へ向かってくる結城課長の姿を見てしまった。

やがて五時になり、定時のチャイムがなった。

しかし、リスクマネジメント課の社員は誰ひとり帰ろうとしない。仕事の負荷が高いようだ。それなのに……。

「じゃ、お先に」

パタンとノートＰＣを閉じた結城課長が真っ先に立ち上がった。

――嘘《うそ》だろ？

結城課長がフロアを出た後、入江は窓際に駆け寄って本館前の道路を見下ろした。

――まさか……。

案の定、来客用駐車場から出てきた結城課長の軽自動車が走り去り、守衛室の前をすり抜けて会社の敷地を出ていく。

定時のチャイムが鳴ってから会社の正門を出るまでに三分もかかってない。

――最速。ある意味、神業だ。

結城課長は昼過ぎに席を立った後なかなか帰ってこない、という松野の話からして、これは結城課長のルーティーンになっているようだ。

しかし、定時後のリスクマネジメント課エリアはここからが本番とばかりに殺気《さっき》立っている。

特に松野沙里は眉間《みけん》に皺《しわ》を寄せ、キーボードを叩きまくっていた。

壁に掛けられている時計の針が七時を回った頃、総務部のフロアからもパラパラと社員が減り始めた。

が、リスクマネジメント課だけはまだ全員が残っている。

「あの……。僕に何かできることがあれば……」

誰にともなくそう言ってみたが、それどころではないのか返事をする者はいない。

新人に仕事を教える暇がないという負のスパイラルに陥っているようだ。

帰るに帰れず、困惑している入江を気遣うように、松野が、

「入江さん。初日だし、今日はもういいですよ」

と言った。

「わかりました。では、お先に」

入江はリュックを背負って総務部のフロアを後にした。

——早く戦力になってリスクマネジメント課の力にならなければ。

決意を新たにしながら、その足で人事部に向かった。

「檀上部長。お疲れ様です」

部長席でスマホを眺めている美沙子に入江が声を掛けて頭を下げる。

「うむ。大儀である。それで、どうであった？」

小さな画面から上げた切れ長の目がまっすぐに入江を見る。

定時後でリラックスしてネットでも見ているのかと思いきや、何だかその顔が険しい。

やはり、結城課長という人物は檀上部長にとってとりわけ思い入れのある社員なのだ、と入江は思い知る。

いつも以上に怖いんだけど、と怯えながらも、報告を始めた。

「あの掲示板の書き込みは事実だったようです。もともと多忙で、負荷の大きい部署だったようですが、定年前の結城課長が有能であったために、何とか仕事を回せていたようです。ところが、定年退職後の結城課長はそれまでとは別人のように仕事をしなくなり、全く余裕のなくなったリスクマネジメント課は殺気立っています。

あれでは、誰が結城課長に対する中傷を書き込んでいてもおかしくありません」

入江は実際に自分の目で見たことを美沙子に伝えた。

「事実だったのか……、掲示板の書き込みは」

失望感を露わにする美沙子に、入江も「残念ながら」と肩を落とす。

「ではこの残念な書き込みも事実なのか？」

そう言って、美沙子がさっきまで眺めていた自分のスマホを入江の前に置く。

——うん？

入江がウォッチしていたミツバ電機の掲示板だ。更新されている。

《今日から使えない新人が配属されて、ゴミがふたつに増えた》

こ、これは……。今日、リスクマネジメント課に配属されたのは入江健太郎ひとりだ。

つまり、この『ゴミ』というのは暗に自分のことを示唆しているのだ、と気づいた入江は穴があったら入りたい思いだった。

今日は一日中、書類を眺め、結城課長の素行調査のために駐車場へ行ったり来たり。

——確かにあの忙しい部署において、今日の自分の働きぶりは、サボっているようにしか見えなかっただろう。非難されても仕方がないかもしれないがゴミは酷い。

「そなたまで炎上してどうする」

美沙子に叱られ、入江は「面目ござらぬ」と恐縮するしかなかった。

――しかし、一体誰が……。

同期の松野沙里だけは優しく気遣ってくれたものの、他のメンバーが自分をどう思って見ていたのかはわからない。多分、黙々と働いていたリスクマネジメント課の誰かが掲示板で自分を断罪したのだ。

「自分が知らないところで悪口を書かれるのって怖いことですね」

そんなことは百も承知しているつもりだった。

が、いざ自分が批判され、その内容が不特定多数の目に晒されるという目に遭うと、落ち込むし、嫌な気持ちになるものだ。

――これが実名だったら……。

入江は戦慄《せんりつ》した。

実際、結城課長のことはフルネームで書かれている。自分だったら心が折れてしまう。

いくら仕事をしないからといって、自分は匿名で相手の実名を晒し、誹謗中傷するなど許されることではない。

義憤にかられる入江に、美沙子が静かに聞いた。

「結城課長が無気力になっている原因は探れるか？」

「あ、はい。明日からは課長に近づいてみます」

「うむ。慎重にな」

「ははっ！」

会釈をし、入江は帰宅した。

4

翌朝、入江は結城課長のデスクへ歩み寄った。当の本人は週刊誌に夢中で入江に気づいていないが、背中に『この新人、課長に一体何を話すつもりなんだ？』という視線を感じる。

「課長。ちょっとお聞きしたいことがあるんですが……」

そう声を掛けると、結城課長は一瞬、驚いたような顔をした。

が、すぐにニコリと笑い、「じゃあ、場所を変えようか」と立ち上がった。

総務部の一角にあるミーティングテーブルにでも場所を移すのだろうか？　と思いきや、ハエが止まりそうなほどスローモーな歩き方で総務部フロアを出る。

——どこへ行くのだろう……。

不思議に思いながら課長の背中についていくと「じゃ、ここで話そうか」とエレベーターホールの手前にある部屋の入口で立ち止まる。

そこは各階にあるカフェスペースだ。

十畳ほどの広さがあり、壁に沿って飲み物の自販機が並ぶ。

窓際にはテーブルがふたつ。それぞれのテーブルにはイスが四つ。社員はカフェコーナーと呼んでいる。

休憩時間には人影も多い場所だが、さすがに始業直後は無人だ。

「入江君はどれにする？」

「え？」

気が付けば、結城課長が『挽《ひ》き立ての珈琲』を謳《うた》っている自販機にコインを投入しようとしているところだ。

入江は自部署のことに全く興味がなさそうに見えた結城課長が、転入してきたばかりの自分の名前を知っていたことに驚きながらも、

「え？　あ。じゃあ、僕はキリマンジャロで」

と、つい目についた商品をリクエストしてしまった。

「はいはい。入江君はキリマンね」

この自販機は焙煎《ばいせん》された豆をミルするところから始まるマシンであるため、抽出されたコーヒーをカップに注ぎ終わるまで約一分となっている。

こんなところを同じ課のメンバーに見られたら、また課長とセットでゴミ扱いされるに違いない。

「はい。どうぞ。今日は僕のおごり」

と、結城課長は全く緊張感のない顔でカップを入江に差し出した。

「あ。どうも……。ありがとうございます」

自分で注文してしまった手前、今さら断るわけにもいかず、両手で受け取る。

「僕はモカにしよっかなぁ」

その後、結城課長はじっくりと迷った後、自分が飲む珈琲の銘柄を選び、ノロノロと財布から硬貨を取り出す。

昼食すらゆっくりと食べられないメンバーが見たら発狂しそうな光景だ。

「まあ、座って」

あたかもこのカフェコーナーが自宅のリビングであるかのような態度で、結城は入江に窓際の席をすすめた。

「ど、どうも」

言われるがまま、入江はカップを持って窓際の椅子に座る。

向かいに座った結城課長がカップを口に運びながら尋ねる。

「入江君は人事から来たんだよね？　檀上君は元気？」

「あ、ええ。お元気です。そう言えば、檀上部長が、昔、結城課長にお世話になったと言っておられました」

「そうだねえ。檀上君が初めて配属されたのが総務部だったからね。あの頃、僕は係長でね。総務部総務課で規程づくりや機密管理の仕事をしてたんだ。あれからもう十八年か。いつの間にか彼女の方が出世しちゃったよ」

あはははは、と結城課長はさも愉快そうに笑う。そして、急にエンジンがかかったかのように昔話を続けた。

「檀上君はねえ。昔はあんな感じの子じゃなかったんだよ？　もっと明るくて天真爛漫《らんまん》で、可愛《かわい》い部下だったんだ」

――え？　檀上部長が天真爛漫で可愛い？

全く想像がつかなかった。

「檀上部長は一体いつからあんな怖い……もとい、無表情で迫力ある人になったのでしょうか？」

「まあ、彼女も色々あったからねえ」

プライバシーに関わることなのか、結城課長は肝心なところをのらりくらりと躱《かわ》す。

入江は深追いするのをやめて話題を変えた。

「そう言えば、結城課長はエマージェンシー・メールシステムを確立した方なんですよね？　あれはお世辞抜きですごい防災システムだと思います。他メーカーも追随するほどの。本当にひとりであれだけのものを構築されたんですか？」

一瞬だけ誇らしそうな顔を見せた結城課長だったが、すぐにどうでもいいような表情になって、

「まあね。けど、それももう、昔の話だよ」

と力なく笑う。そして今度は課長の方から入江に聞いた。

「で、話って何？」

「あ、えっと……。実は、自分なりにリスクマネジメント課の仕事を頑張りたいと

思っているのですが、皆さんお忙しそうで。右も左もわからない状態なので逆に足を引っ張りそうなんです」

「ふーん。それで僕にどうしろと？」

その尋ね方は、どこか突き放すように冷たかった。

「課長にお願いするのも申し訳ないんですが、僕にリスクマネジメントの仕事を教えてもらえないでしょうか？」

「え？　僕が君に仕事を教えるの？」

いくら肩書だけとはいえ、いきなり課のトップの職位である結城課長に新入社員の教育をしてくれ、というのは失礼だったかも知れない。

が、課長に近づくという目的のためだけでなく、そもそも他に手の空いているメンバーが見当たらなかったのだ。

無礼者、と怒鳴られるのを覚悟した時、結城課長がニコッと笑った。そして、

「いいよ」

と、あっさり承諾したのだった。

「え？　いいんですか？」

「いいよ。但し、何だかあのフロアにいると息が詰まるから、ここでいい？」

そう言ってカップの珈琲を飲み干す結城課長。

「こ、ここで、ですか？」

「うん。教えるのはどこでも同じでしょ？　僕、ここの雰囲気が好きなんだよ。ゆったりしてるでしょ？　時の流れが」

「はあ……」

入江は誰もいないガランとしたスペースを見回す。

「じゃあ、今日の午後から、ここにマニュアルや資料を持ってくるので色々教えて下さい。よろしくお願いします」

そう言って総務部に戻った入江に松野沙里が「課長と何の話だったの？」と聞いてきた。

「え？　ああ。ただの挨拶です」

暇そうだったので仕事を教えてもらえるよう頼んだ、とは言いにくかった。

「課長にコーヒー、おごってもらっちゃいました」

それは事実だ。が、どうやら聞き耳を立てていたらしい周囲の社員数名が顔を上げ、入江を睨んでいる。

「そういうの、大きい声で言わない方がいいよ」

松野が声を潜め、忠告してくれた。

「そ、そうだね。了解」

入江は不用意な発言を反省した。

5

午後。

入江はファイルを数冊抱え、カフェコーナーに入った。

休憩時間は終わったばかりだが、もう誰もいない。

たまに、飲み物を買いに来る社員はいるが、そのまま出ていく。

「ああ。入江君。お待たせ、お待たせ」

コーナーに姿を現し、おっとりと微笑む結城課長はどこか楽しそうだ。

「あ。どうも。よろしくお願いします」

結城は既に窓際のテーブルの上に資料を拡げている入江の方へノロノロやってきて、

「で？　僕は何を教えればいいの？」

と少し嬉しそうに尋ねる。

「とりあえず、松野さんの手伝いができるレベルにはなりたいと思ってます」

「ふーん。彼女が今やってるのはウチの会社の仕入先で火災が発生したり、その地域で地震が起きて被災した時に、その仕入先に代わることができるメーカーを見つけるための調達システム、いわゆるサプライチェーンの整備だね。エマージェンシー・メールシステムの応用版なんだよ」

そのシステムも結城課長が作り上げたものだと入江は聞いたことがあった。

「簡単に言うとね。たとえばAという部品があって、今はその部品Aを一番安く作れる仕入先B社から買ってるとして、そのB社がAを作れなくなった場合、同じスペックで二番目に安く供給できることがわかってるC社を自動的にセレクトできる仕組みなんだよ」

このシステムを完全なものにするためには、価格コンペで仕入先から調達部に見積書が提出される度に、その内容をシステムに入力し、最新情報を更新する必要がある。

「松野沙里さんの仕事は集積データのアップデートだよ。単純作業だけど、インプットしなければならない数字が膨大にあるからね」

「サプライチェーンシステムも結城さんが作ったんですね」

入江は、調達部にいた時、PCのデスクトップにこのシステムのアイコンが表示されていたことを思い出す。

「あれは調達部ともデータ共有してるんですよね？　合理的ですごいシステムだと思います」

「まぁね。それも昔のことだよ」

入江は結城課長からそのシステムの概要と、情報をアップデートする方法についてレクチャーを受けた。

入江を教える時の結城課長はとても熱心で、フロアにいる時とは別人のようだ。

その丁寧な講義を、入江も時間を忘れて聞き入った。

やがて、定時近くになり、「今日はここまでにしよっか」と結城が立ち上がってテクテクと自販機の前に歩いていく。

「入江君。何にする？」

結城はまたでき上がるまでに一分を要する珈琲の自販機にコインを投入しようとしている。

「じゃあ、僕、今度はスペシャルブレンドでお願いします」

二回連続で珈琲を御馳走《ごちそう》になりながら、入江はふと、結城が今日は一度も駐車場へ行っていないことに気づく。

——暇だから寝てるだけなのかな？　いや、あんなに忙しそうな課なのに、何もやることがないってことはないよな……。

ふたりで向かい合って珈琲を飲みながら、入江は気になっていたことを改めて尋ねた。

「檀上部長のことなんですけど……。昔はすごく天真爛漫だったとか。いつからあんな強面《こわもて》……もとい、クールな人になったのでしょうか？」

その質問に結城課長は表情を曇らせ、紙コップの中の濃褐色の液体を揺らしながら口を開いた。まあ、隠さなきゃいけないことでもないんだけど、と前置きしてから結城課長は続けた。

「檀上君には、彼女がとても慕っていた先輩がいたんだよ」

「先輩？」

あの部長が誰かを慕っていたなんて想像がつかない、と入江は小首を傾げる。

「ああ。三歳年上の、美作麻衣《みまさかまい》という女性でね。檀上君とは同じ大学の剣道サークルで一年だけ一緒だったらしい。美作君が卒業した後は疎遠になっていたようだが、OB訪問で再会して、入社後も部署は違ったが、プライベートでは姉妹みたいに仲が良かったようだ」

美沙子はその先輩社員に憧れ、この会社への入社を決めたという。

「美作君はミツバ電機の営業部にいたんだ。とても優秀な子だった」

結城課長がその話をする時、どこか寂しげに過去形で喋るのが気になった。

「色々あって、美作君がこの会社を辞めた頃から、檀上君は変わってしまった」

「辞めた?」

美作という先輩が退職した直後、美沙子は自ら希望して人事部へ移ったのだという。

「自分は大岡越前になる、なんて謎の言葉を残してね」

――大岡越前……。つまり、社内の不正を裁く、という意味なのだろう。

「そうなんですね……。それで……」

もう少し踏み込んで聞こうとした時、本館の終業時刻、五時のチャイムが鳴った。

「ああ。もう五時か」

結城課長が立ち上がって紙コップをゴミ箱に捨てる。

引き留めるのは難しいようだ、と入江は深追いを諦めた。

「課長。今日はありがとうございました。勉強になりました」

今日のところはこれ以上突っ込んで聞くのはやめておこう。そう考えて入江は礼を言い、頭を下げた。

「じゃあ、続きはまた明日ね」

やんわりと笑って、結城課長はポケットから引っ張り出した車のキーをクルクル回しながら、カフェコーナーを出ていった。


自席に戻った入江に、松野沙里が険しい顔で声を掛けてきた。

「入江君。結城課長と一緒にずっとカフェコーナーにいたの？」

「あ？　あ、いや。ちょっと総務部の仕事について教えてもらっていて……」

そう答えたのだが、彼女の目は『あの結城課長が新人の指導なんてするはずがない』という疑念を孕《はら》んでいるように見える。

「ほんとだよ？」

と、入江は訴えたが、彼女は睫毛を伏せる。

「そう……」

素っ気なく答えて仕事に戻る松野の横顔は、結城課長とつるんでいる入江にも失望しているような表情だ。

説明したところで受け入れられそうにない。

松野の態度が気になりながらも、入江は人事部へ戻り、今日の出来事を美沙子に報告した。

「今日、結城さんに総務の仕事を色々教えてもらいました。実際、知識も豊富だし、すごい人なんですけど、どうして普段はあんなにやる気がなさそうなのか、理解できません」

美沙子も腕を組んで「解せぬ。定年前と何が違うのか……」と考え込む。

その時、入江のポケットの中で、スマホがブン、と震えた。

「あ。また、書き込みが……」

掲示板に動きがあるとアラームが鳴るようにセットしていた。

《ポンコツどもを激写。一日中、珈琲を飲んで過ごすミツバ電機のゴミたちｗｗｗ》

そんなコメントと一緒に結城と入江が珈琲を飲んでいる写真が貼り付けられていた。

ふたりの顔は加工され、大きめのハートマークで隠されているものの、見る人が見れば服装で誰だか特定されるだろう。

美沙子の手が入江のスマホを取り上げ、大きな瞳が小さな通信機器をじっと見ている。

「そ、その内容には悪意があります。確かに今日は一日、カフェコーナーにいました。けど、今日は資料を見ながら一日中レクチャーを受けていたのに、写真は昨日の、ほんのちょっと結城課長とお茶しただけの時の画像です」

美沙子は必死で言い訳する入江の言葉については取り合わず、

「しかし、こんな書き込みをする者にも闇があるな」

と呟くように言う。

一体いつ写真を撮られたのか、入江には心当たりがなかった。

が、結城課長のことを快く思っていないメンバーは山ほどいるだろう。容疑者は課員全員だ。

なにせ、皆は忙しそうに立ち働いているにもかかわらず、課長は業務中にアマガエル色の自家用車を職場に近い駐車場に移動させてまで早く帰宅しようとしているのだから。

──だが、誰があんな酷い書き込みをしているのかわからない。

「入江。結城課長がやる気を失った理由を早々に探り、掲示板に悪口雑言を書いている人物を特定せよ」

「ははっ！」

入江は頭を下げ、総務部へ戻った。

6

入江がフロアに戻ってみると、リスクマネジメント課以外の部署の電灯は消えていた。

リスクマネジメント課のブロックにも、ポツンと残っているのは松野沙里だけだ。

それを見た入江は、カフェコーナーまで引き返して缶コーヒーを二本買い、再び自席の方へと戻った。

「松野さん。ミルク入りとブラック、どっちがいいですか？」

そう声を掛けると、入江がいることにも気づかないほど仕事に集中していたのか、彼女はハッとしたように顔を上げた、

「え？　入江さん。まだいたんですか？」

「ええ。ちょっと他の部署に用事があって。で、どっち、飲みます？」

すると松野は遠慮がちに、

「じゃあ、ミルク入りの方で。ありがとうございます」

と缶コーヒーに手を伸ばした。

「大変だね。こんな時間まで」

松野に珈琲豆のイラストが入った缶を渡した入江は、自席に座り、選ばれなかった方の缶、ブラックコーヒーのプルトップをカシリを引き上げた。

「なかなか終わらなくて……」

そう言いながら、缶コーヒーに口をつけた松野は、コクンと喉を鳴らした後、ふう、と深い溜め息を吐いた。

「何か手伝おうか」

と入江が何気なく目をやった彼女のパソコンのキーボードの横に、美しいスワロフスキーで縁取られたスマホが置かれている。

——あれ？

それは見覚えのあるホームページ。

毎日、入江もチェックしている10チャンネルの掲示板だ。

――ミツバ電機の掲示板だ……！

しかも、書き込み画面の枠が表示され、そこに文章がインプットされている。

《結城信二はゴミだ。何の役にも立たない。どうしてあんなヤツが未《いま》だにミツバ電機に残っているのか意味がわからない》

その文章は掲示板に書き込まれるのを待っている状態だ。あとは登録ボタンを押すだけのスタンバイ状態……。

――まさか、あの書き込みは松野さんが？

何かの間違いであって欲しい。祈るような気持ちで入江は口を開いた。

「松野さん、そのサイトって……」

すると、松野は入江が自分のスマホを見ていることに気づいたらしく、青ざめながらそのツールを急いで伏せた。そして俯いたまま、膝を震わせている。

「ごめんなさい……。私……」

謝罪する声も震えていた。

だが、たとえ松野さんが犯人であったとしても責められない。

彼女を非難する気持ちは湧かず、どちらかといえば、同情へと気持ちが傾くのを感じつつ入江は静かに尋ねた。

「いや、責めてるんじゃないんだ。仕方ないよ。大量の仕事を必死でこなしてる松野さんからしたら、結城課長のこと、許せないよね。僕はあの書き込みが松野さんの仕業だったとしても非難する気持ちにはなれない。けど、結城課長は名指しであそこまで書かれるほどのことをしたのかな……」

怒りの程度はリスクマネジメント課に配属されて日の浅い入江にはわからない。

すると、松野は俯いて目をぎゅっと瞑《つぶ》ったまま声を振り絞った。

「お願い！　誰にも言わないで！　いけないことをしてるのはわかってるの！」

「じゃあどうして……」

「最初は結城課長への中傷コメントを見てるだけで満足だった。同じ部署に同じように嫌な思いをしてる社員がいるって、それがわかっただけで何となく憂さが晴れた」

「それはつまり、松野さん以外にも書き込みをしてる人がいるってこと？」

松野は俯いたまま頷いた。

「けど、だんだん、見てるだけでは我慢できなくなって……。つい書き込みを。一度やったらスッキリして病みつきになってしまって」

それからは毎日のように書き込むようになってしまった、と松野は苦しそうに顔を歪めた。

「私、色々と追い詰められてたの……。そのストレスで……」

「追い詰められてるって……どういう意味？」

入江の質問に、松野は短い沈黙の後で口を開いた。

「入江君って、トップ入社でしょ？　時々、周囲の期待に押し潰されそうになったりしない？」

「いや、僕は全然。学校の成績と仕事の要領は比例しないことが身に沁みてわかったし、と同時に期待されなくなったことも痛感したよ」

営業部での経験が口をついて出る。

すると、松野は「そうなんだ」と気が抜けたように呟いた。

「私、入江君ほどではないけど、同期の中でも優秀だって期待されてたの……。けど、いざ仕事を始めてみると、思ったように処理できなくて。ここでの仕事は『慣れ』とか『経験』みたいなものの方が有利に働くっていうか……」

彼女はプライドに押し潰されそうになりながらも、休みの日も出社して仕事をしているという。

「それなのに、課長は……」

一番経験値の高そうな人間がその能力を発揮しない状況を目の当たりにするのはきっと相当なストレスだったに違いない。

「あんな書き込みをして、人として最低のことしてるってわかってる！　それでもやめられなかったの……！」

激昂する松野の頬を涙がひと筋、伝って落ちた。

入江は彼女を非難する気にはなれなかった。

黙って松野にハンカチを渡し、彼女の気持ちが落ち着くのを待った。

「ごめんなさい。自分が悪いのに、被害者みたいに泣いたりして……。もう二度と書き込みしたりしません」

ようやく嗚咽が止まり、呼吸が整った松野は自分自身を冷静に批判した。

「あのさ。この際だから聞くんだけど……。結城課長はなんで変わってしまったんだろう？」

やっと落ち着いた様子の松野は両手で缶コーヒーを包むようにして持ちながら答えた。

「よくわからないけど……。結城課長の待遇は表面的には退職前と何も変わってないの。ただ、ひとつだけ定年前と違うことがある」

「違うこと？」

「ええ。ひとつだけ。それは課長ではなく、課長待遇だということ。実際に決裁したり、課の中心となって大きなプロジェクトの推進をするライン長は、課長代理の平井さんになってる。違いはそれだけ」

それは結城課長の負担を軽減するための優遇措置だ。課長のやる気を取り戻すには、すべての権限を再度付与すればいいということなのか。

「けど、今でさえあの調子なのに、その上、決裁権まで結城課長に戻したらリスクマネジメント課の仕事は完全に停滞してしまう。そんな重責は結城課長も望まないと思うんだけど……」

どうすれば結城課長が定年前と同じ仕事ぶりに戻ってくれるのか、入江には見当もつかなかった。

7

それから一週間、10チャンネルへの書き込みはなかった。

――けれど、このまま何もなかったことにしていいのだろうか。

改心した松野を責める気にはなれなかった。それに、どうやら書き込みをしているのは彼女だけではなさそうだということもわかった。

彼女以前に書き込みをしていた者がいるのだ。松野沙里はそれに触発された。

相変わらず殺伐としているリスクマネジメント課の様子を見るとモヤモヤしたものが残る。再び他の誰かがいつ書き込みを始めてもおかしくないからだ。

その間、入江はカフェコーナーで結城課長から組織の危機管理に関するレクチャーを受け続けた。

結城課長がノートPCまで持ち込み、入江の横に座って実際の入力画面を見せながらシステムについて説明する。

結城自身が構築したという複雑な防災システムから派生したという更に細やかな調達システムだが、丁寧な説明のせいかとてもわかりやすい。

やっぱり、この人は上長としての責任をもって部下を指導し、育成することが生き甲斐だったのかも知れない。

そんな想像をしながら、入江は熱心に解説してくれる結城課長の横顔を観察する。

――二度と酷い書き込みがされないよう、結城課長に現役時代のやる気を取り戻してほしい。

その願いも空《むな》しく、ある日の昼休み、彼が食堂のテーブルの下で密かにチェックしたミツバ電機の掲示板では、結城課長への誹謗中傷が再び始まり、増殖し続けていた。

ついには《腹が出ている》とか《顔がキモい》など、外見に関する心ない中傷まで出始めている。

結城課長がこんな掲示板を見ているとは思えないが、自分が同じ立場でこれを目撃したら病んでしまいそうだ。

入江は急いでカフェコーナーに戻った。

まだ休憩時間であるせいか、自販機の前に数人の社員がたむろし、ペットボトルや紙コップを片手に談笑している。

それなりに騒々しいのだが、結城課長は彼らの声が気にならないのか、窓際のテーブルに積み上げた数冊のファイルを枕に仮眠していた。

——気持ち良さそうだ。一時まで寝かせてあげよう。

入江はそう思って、声を掛けずに結城課長の向かいに座った。

午前中の授業を復習しておこうと考え、課長のノートPCを自分の方に向けた。

――あれ？　このサイトは……。

インターネット画面が開きっぱなしになっている。

入江の動揺が伝播《でんぱ》したかのように、結城課長がハッと目を開けた。

「え？　入江君。もう戻ってきたの？」

焦った様子でそう口走りながら、急いでノートPCを畳もうとする。その反応に違和感を覚えた。

「待ってください！」

入江は結城がPCを閉じようとするのを阻止《そし》し、

「結城課長、その掲示板に気づいてたんですか？」

と問い詰めた。

結城課長はバツが悪そうな表情で黙り込んでいた。が、不意に入江の手を結城課長の両手が強く握った。

「頼む！　書き込みの犯人捜しはしないでくれ！」

結城課長が切実な目をして入江に迫る。

――つまり、結城課長は同じ部署の人間が、自分を中傷するような書き込みをしていることも知っているということなのだろう……。

「ですが、結城課長に関する書き込みは酷すぎます」

反論する入江をそこに残し、結城課長はフラッと立ち上がって、例の仕上がりまでに一分ほどかかるコーヒーの自販機前まで歩いていった。

そして、入江に背中を向けたまま、コインを投入しながら、

「だって、そこに書いてある通りだと思わないかい？」

と静かに問いかける。

「思いません！　僕に仕事を教えてくれた時の結城課長は情熱的で尊敬できる上司でした！　なのに、どうして定年する前のようにバリバリ働かないんですか？」

入江に問い詰められた結城課長は困ったようにしばらく黙って珈琲ができ上がるのを待っていた。

そして、紙コップをふたつ持って入江が待つテーブルに戻り、芳ばしい湯気が揺れる紙コップをひとつ差し出す。

「檀上君には悪いと思っているよ。だから彼女の顔を立てるためにも、一年間はここに留まろうと決めた。だが、自分でも驚くほど気力が湧かないんだよ。総務部の自席に座っていること自体が苦痛なんだ。そんな自分が嫌で嫌で。やるせなくて……」

そう語る結城課長は語尾を濁しながら入江の向かいに座った。

「掲示板に自分の名前を見つけた時は、そりゃ悲しかったよ。けど、全ては自分の不甲斐なさ故だ」

「それがわかっていながら何故、変わろうとしないんですか？　課長にはすごい能力と経験値があるというのに」

入江は軽い怒りのようなものすら覚えていた。

「定年前と一体、何が違うというんです？　せっかく檀上部長が配慮して、ストレスも責任もない働きやすい環境を提供しているというのに」

自分でそう言った後、入江は自分自身の言葉がふと引っ掛かった。

――ストレスも責任もない？

入江は生き生きとした表情で彼に仕事を教えてくれた時の結城課長の顔を思い出した。あの時の結城課長は、教えることに責任を持っているように見えた。

――もしかしたら、指導する部下もいなくなり、負うべき責任もなくなって、肩の力が抜けた一方で、気も抜けてしまったのではないだろうか。

不意にそんな想像が浮かんだ。

語気を強めた入江の顔を見ることもせず、結城課長は紙コップの珈琲をひと口飲んだ。

　そして、ポツリポツリと内心を零し始めた。

「そこだよ。責任を伴わない管理職なんて置き物だよ。もちろん全く権限がないわけではないが、平井君が実質的なライン長なのに、僕があれこれ口を出しては悪いだろ？　彼を管理職として育成するためにも、僕が彼の考えにあれこれ言うべきではない。そう思うとどんどんやる気が失《う》せてしまってね」

「そんな……。檀上部長の配慮が逆に結城課長のやる気を削いでいたなんて……」

　入江はただ愕然と結城課長の顔を見つめた。

　しかし、結城課長はどこかさっぱりした顔をしている。

「あの掲示板によって僕の不甲斐なさが露呈し、そのことが人事の耳に入るのは時間の問題だ。そうなれば、僕は一年を待たずしてここを去ることになるだろう。それはそれで仕方ないと思ってるよ」

　――いや、僕のせいでもう、この一件は既に檀上部長の目には触れてしまったわけだが……。

　自分が結城課長の退職を早めてしまったかも知れない、と思い、入江は青ざめる。

　しかし、結城はこの職場に未練はないのだろう、サバサバとした顔で笑う。

「さあ、残りのレクチャーをやってしまおうかね」

あたかも残された時間が少ないとわかっているかのように、結城課長はマニュアルを開いた。


その日の終業後も、入江は迷いながらも美沙子にリスクマネジメント課のことを報告した。

「最近の結城課長に関する書き込みをしていた者のひとりは、僕の同期の松野沙里だということがわかりました。けど、彼女も精神的に追い詰められた結果です。そして、彼女があのサイトに気づいた時には既に他の者による書き込みがあったようです。リスクマネジメント課の仕事が高負荷である現状、そして結城課長の仕事ぶりが彼らの気持ちを逆撫でしている状況からして、誰が書き込みをしてもおかしくない状況なんです」

まずは松野を弁護してから、結城課長について報告した。

「結城課長は遣り甲斐を失い、自分を不甲斐ない上司だと思っています。けれど、部下が罰せられることを望んではいません。犯人捜しはしないでくれと頼まれました。誰かを罰したところで次の松野沙里が現れるだけだというのが僕の予想です」

入江は結城課長に現役の頃と変わらない能力と、部下を守ろうとする気持ちがあることを申し添えた。

「なんと……。結城課長はストレスがないと働けない人間だったということか……」

愕然とする美沙子を目の当たりにした入江は、今回の案件の複雑さを痛感する。

――今回はこれまでのように白か黒かはっきりさせられるような案件ではないような気がする……。

8

入江から報告を受けた檀上美沙子は人事部の統括重役である天野の所へ報告に行った。

「や、やあ、檀上君」

天野は美沙子の顔を見て、いつものように口許を引き攣らせている。

「君がここに来たということはまた誰かを斬るつもりなんだね？」

天野の頬がピクピクと細かく痙攣《けいれん》している。

「今回は総務部メンバーの配置替えを行いたいと思っています」

「配置換え？　大物じゃないよね？」

「ええ。課長級以下のメンバーです」

「へえ。そうなんだ」

総務の課長級以下と聞いて、天野はホッとしたような顔になった。彼にとっては全く利害がない人材だからだろう。

いつものように反論もしない。

「じゃあ、今回は斬らないの？　左遷とかもナシ？　今回は大ナタ振るってくれても大丈夫そうな案件なのに」

拍子抜けしたような顔をする天野。

「今回、大ナタはありません」

「ふーん。わかった」

どうでもいいと思っているのだろう。天野がいつになく軽い調子で承認した。

「では」

踵《きびす》を返そうとした美沙子を天野が呼び止めた。

「あ。檀上君、ちょっと待って」

天野は胸ポケットから長方形の紙を出して立ち上がり、

「来月、映画でも行かないかい？」

と美沙子の前でチケットを二枚、ヒラヒラさせる。

「映画？」

怪訝そうに顔の前のチケットを二枚とも奪い、

「こ、これは……！　ハリウッドと日本の時代劇の聖地、北映《ほくえい》がタッグを組んで制作したエンターテインメント時代劇の特別招待券ではないですか！」

と、目を見開く。

「そうなんだよ。取引先の常務にもらったんだ。君、こういうのが好きなんでしょ？　僕は歴史とか時代劇とかあまり興味はないんだけど、君が行きたいって言うのなら一緒に行ってあげても……」

天野が言い終わらないうちに美沙子はチケットを素早くポケットに入れた。

「ありがとうございます。興味のない方に御一緒していただくのも申し訳ありませんので、誰か興味のある者を誘います」

「え？」

ポカンとした顔をしている天野を後目《しりめ》に、美沙子は今度こそ踵を返す。

「誘うつもりのチケットを二枚とも持ってかれるなんて、コメディドラマの中だけの出来事だと思ってたよ」

重役室のドアノブに手を掛けた美沙子は「御油断なさらぬよう」と微笑んでから外へ出て扉を閉めた。


そして彼女はその足で総務部フロアへ向かった。

リスクマネジメント課のメンバーには集まっておくようにと、事前に入江を通して伝えてあった。

フロアに足を踏み入れると、結城課長、平井課長代理以下十数名の社員が落ち着きない様子で何かを囁き合っている。

「誰か不祥事で飛ばされるのかな」

「これ以上、人が減ったら困るな」

若い男性社員が小声で言った。

「結城課長の無能ぶりがバレたんじゃない？」

「あの人がクビになるのは体制に影響ないけどね」

ざわついていたフロアも、美沙子の登場で静まり返った。

結城課長はというと、今日こそ引導を渡されると確信しているのか、心なしかホッとしたような表情を浮かべている。

松野は自分の書き込みがバレたのではないか、と思っているのだろう、ソワソワと落ち着きがない。

檀上美沙子はリスクマネジメント課のメンバーの前に立ち、穏やかに口を開いた。

「まず、お聞きします。この中で、ミツバ電機の掲示板に書き込みをしたことがある人は挙手してください。サイト運営会社に対しては既に開示請求をしているので、いずれわかります。だから、今、正直に名乗り出てください」

いつものように険しい表情で銀の指し棒を出す気配はない。しかし、質問自体は鋭く、答えにくい内容だ。

一番最初に手を挙げたのは松野沙里だった。

が、その後、ぽつりぽつりと手が上がり、ついには入江と結城課長以外の全員が手を挙げている。

最後に手を挙げた平井課長代理は「すみません！　結城さんの後を任された重責の捌《は》け口でした」と告白し、深々と頭を下げた。

「わかりました」

静かに頷いた美沙子は腕を組み、少し考えた後、再び口を開いた。

「リスクマネジメント課は精鋭集団。それ故に『仕事が回らない』と訴えることは個々のプライドが許さなかったのでしょう。しかし、困っているのであれば、実質的な課長権限を持つ平井さん、あなたが人事に直訴すべきです」

断罪された平井は項垂れ「申し訳ありません。結城課長と比べられて指導力が劣っていると思われたくなくて……」と消え入りそうな声で言う。

無言でそこにいる全員を眺め渡した後、美沙子が口を開いた。

「それでは、リスクマネジメント課の人事異動を申し渡します」

美沙子のひと言で、フロアの空気がピンと張り詰めた。

「結城信二ならびに松野沙里の両名に、本日付けで総務部リスクマネジメント課から人事部人材開発課採用教育グループへの異動を命じる」

話の流れからして異動という名の左遷になるのは平井だと思っていたのだろう。

平井本人をはじめ、全員がポカンとしている。

「え？　異動？　僕が？　退職勧告に来たんじゃなくて？」

結城課長も意外そうな顔になって聞き返す。

「そうです。あなたの次の仕事は採用グループでの採用と教育です。あなたにはグループ長として、その全責任を負って頂きます」

「え？　僕が教育部署のライン長に？」

ポカンとしていた結城課長の顔がパッと輝いた。

「有能なアシスタントもつけます。そちらにいる松野沙里を。彼女を結城グループ長つきの主任に任命します」

「しゅ、主任？　一年目の私が？」

中傷コメント書き込みの責任を問われると思っていたであろう松野が目を丸くする。

「主任昇格の平均勤続年数は五年目ですが、それはあくまでも平均であって、ミツバ電機は勤続年数による昇格制度を廃止しています。つまり、昇格は能力を査定した結果です」

そして、美沙子は、定年直前の結城が松野を高く評していた事を説明した。

「適所で良い上司の指導を受けることができれば、あなたは本来の実力を発揮できるであろう、と」

松野は美沙子の声が聞こえているのか、いないのか「私が主任……、私が主任……」と、何かに取りつかれたように小声で繰り返している。

ふたりの顔に徐々に生気が漲ってくるのが見て取れた。

しかし、松野が抜けることで更に負荷が重くなるリスクマネジメント課のメンバーは表情が暗い。

美沙子はその様子を見渡しながら再び口を開いた。

「代わりにリスクマネジメント課には即戦力になりそうな人材を五名配置します。この五名の配属前教育も結城さんにお願いします。あなたの指導力は入江から聞いています。それに、私もあなたに指導された社員のひとりですからね。即戦力の五人が入れば、今の負担は軽減されるはず」

メンバーの顔に安堵の色が滲《にじ》む。課の全てを知り尽くしている結城が現役時代の力を発揮し、教育して配属される人材なら、と。

「そして、平井課長代理には課長に昇進してもらいます」

「え？　い……いいんですか？」

書き込みをしてしまった罪を問われると思っていたのだろう。胸を撫で下ろすような仕草だ。

固まっていた顔の筋肉がようやく緩んだ平井の顔に、美沙子の指し棒が向けられた。突然のことに平井がヒッと声を上げる。

「ただし、もう、二度とつまらぬ書き込みはせぬように。一部上場企業の管理職であるという自覚を忘れてはならぬ」

美沙子にピシャリと言われ、平井は項垂れる。

「わかりました。二度としません」

美沙子は頭を下げる平井に向けていた指し棒で、リスクマネジメント課のメンバー全員をすーっと横に撫で斬りにするように動かした。

「他人を貶《おとし》める書き込みはミツバ電機の誇り高き社員としてあるまじき行為。二度とあってはならぬ。他の者も肝に銘じよ」

全員が「ははーっ！」と頭を下げた。

美沙子は最後に結城課長を指した。

「結城さん。もう誰にも遠慮などせぬように」

「は、はい……」

結城課長の表情が引き締まった。

「今度、私の顔に泥を塗るようなことをしたら、容赦いたしませぬから」

指し棒を向けられた結城は、

「す、すみません……。二度としません」

と震える声で謝罪した。

「では、よろしく」

と、踵を返した美沙子はヒールの音を響かせてフロアを出ていった。

「結城課長。すみませんでした」

いたたまれない入江は潔く謝罪し、事情を述べた。

「僕、檀上部長の指示でリスクマネジメント課の様子を探っていました」

俯いている結城課長は目を伏せたまま「まさか君がスパイだったとは……」と低く呟くように言った。

「本当にすみません。親身になって色々なことを教えてくれた結城課長を裏切るようなことをしてしまって」

入江が何度謝っても、結城課長は俯いたままだった。が、やがてゆっくりと顔を上げた結城課長の目が潤んでいる。

「ありがとう、入江君。君がありのままを報告してくれたお陰だ。私は新人教育という檀上君の挑戦状を受けて立つよ。今度こそ、結城を社に残して良かった、と思ってもらえるように」

そう言ってから結城課長は、「松野君」と改まった口調で部下の名を呼んだ。

「私はまだまだ未熟だ。君の力を貸してくれるかい？」

別人を見るような目で結城課長を見ていた松野沙里が「はい！　ぜひ一緒に頑張らせて下さい！」と、元気な声で応えた。

こうして定年延長の管理職と新入社員とがタッグを組み、鼻息荒く立ち上がる。

新しい仕事に武者震いしているようなふたりの顔を見て入江は安心した。

リスクマネジメント課のメンバーたちに笑顔が戻り、フロアにも和やかな空気が流れ始める。

入江も皆の雑談に加わり、

「それにしても、僕の配属初日、掲示板に『リスクマネジメント課のゴミがふたつに増えた』なんて書いたの誰ですか？」

と、冗談交じりに聞いた。

「いや、僕はそんなこと書いてないよ」

「私も入江君のことは書いたことないなー」

皆、口々に自分ではないと主張する。

「そ、そうですか……。ま、今さらですよね」

口ではそう言って笑いながらも、もやもやした気持ちが残る。

——一体、誰が書いたんだ。

入江は疑心暗鬼になりながら、帰り支度を始めるメンバーを眺めていた。

9

気を取り直した入江は、何となく空が見たくなり、本館ビルの屋上に登った。

思った通り、西の空がブルーとオレンジの美しいグラデーションを見せている。

入江は胸の辺りの高さがある柵《さく》に寄りかかって、ほとんど沈みかけている夕陽《ゆうひ》を眺めていた。

その時、背後でがちゃり、と音がして、屋上へ出る扉が開いた。

ヒールの音がコツンコツンと近づいてくる。

「あ。檀上部長。お疲れ様です」

無言で頷くような会釈を返した美沙子が入江の方へ歩いてきて、柵の上に肘を載せる。

「入江。こたびも大儀であった」

美沙子は遠くを見るような目をして言った。

労われた入江はうっかり、

「今日の裁きはいつもと違う感じでしたけど、人情味があって、適切だったと思います」

と言ってしまった後で、自分ごときが偉そうに何を言っているんだ、と反省する。

「すみません。出すぎたことを」

すぐに恐縮したが、美沙子は気にしている様子もなく、夕陽に目を細めながら口を開く。

「心の通わぬ人事は、『人事』と書いて、ひとごと《他人事》と読む。適材を適所に収めてこそ、血の通った人事である」

なるほど、と入江はその言葉を心に刻む。

「私は査定や、重大な人事異動や左遷を行った後、必ずここへ来る」

「え？　ここへ、ですか？　この屋上に何かあるんですか？」

「たとえ相手が悪だとわかっていても、人事は社員の家族をも巻き込む可能性がある重大な決定だ。だから、人を斬るには覚悟がいる。故に、私はここで自問自答するのだ。こたびの裁きが本当に正しく、会社《よ》のため、社員《ひと》のためになったのであろうかと」

そんな反省会をたったひとりで、しかも屋上で行うのか、と入江は隣に立っている美沙子に視線をやる。

表情のない冷たい横顔は既に薄闇に包まれていた。

「入江。そなたは人事部に骨を埋《うず》める気があるか」

唐突にキャリアプランを尋ねられ、入江は答えに詰まった。

「えっと……。今はそのつもりです。遠い将来のことはわかりませんけど。だんだん人事が会社の要であることがわかってきました」

そうか、と頷いた美沙子が続けた。

「それなら話して聞かせよう。私のトラウマを」

「檀上部長のトラウマ？」

とてもそんなものを抱えているとは思えないのだが、と入江はいつも自信に満ち溢れて迷いやメランコリックな感情とは無縁に見える上司を見つめる。

「私が最も信頼していた先輩は、この会社でパワハラ、セクハラの犠牲となり、心を病んでここから飛び降りたのだ」

その声には全く抑揚がなかった。そのせいか入江は、美沙子が言っている言葉を理解するのに少し時間を要した。

——社員の飛び降り自殺……!?

入江は目を瞬きながら美沙子を見たが、やはりその顔に感情は見えない。

「幸い、下の植え込みに落ちて命だけは助かった。だが、心を蝕《むしば》まれた彼女は今も社会生活を営めない状態だ」

入江の脳裏に瞬《まばた》きもせずにベッドの上に横たわっている女性の姿が思い浮かぶ。

「それって……」

入江は結城課長から聞いた『美作麻衣』のことを思い出した。

先輩が会社を辞めた後、美沙子は『大岡越前になる』と宣言し、総務部から人事部へ異動希望を出したという話だ。

が、美作麻衣の名前を出すことは何となく憚《はばか》られた。

「先輩を病院に見舞ったあの日、私は二度と先輩のような社員を出さないと心に誓ったのだ」

その声はやはり淡々としていて、怒りも悲しみも含んでいないように聞こえる。

きっと今日までの長い年月の中で、檀上美沙子はそれらの感情を抑える術《すべ》を身につけたのだろう、と入江は察した。だが、当時の気持ちが風化していないことも伝わってくる。

不覚にも泣きそうになり、入江はぐっと顔を上げて暗くなった空を見上げる。
――だから、檀上部長はここで自分が行った人事を振り返るのか。
入江は自分のやっている調査の重大さを突きつけられたような気持ちになった。
ふたりは並んで、いつまでも残照を眺めていた。

第４章　セクハラされるオンナ

1

入江が人事部に戻って五カ月あまりが経ったある金曜日、

「部長。社内ホットラインにメールが来ています」

と、人材開発課課長の稲葉が自席のPCから顔を上げて報告する。

「ホットラインか。久方ぶりであるな。どれどれ」

と、檀上美沙子が目の前にあるPC画面を覗き込み、素早くマウスを動かし、カチカチ、とクリックする。

ミツバ電機は社員の相談事を吸い上げるため、『ホットライン』と命名されたシステムがある。言うなれば困りごとを投函《とうかん》する目安箱のようなものだ。

そのアドレスにメールを送ると、他の者の眼に触れることなく人事部に届く。

そして、相談メールが自動的に格納されるボックスを開くことができるのは、パスワードを設定した人事部長、檀上美沙子ただひとりだ。

「これは……」

美沙子の少し驚いたような反応に、入江がふと顔を上げて上司の方を見る。

「もし、差し障りがないようであれば、情報を共有してください」

「差し障りも何も……」

と、言い淀んだ後、美沙子はメールの文章を読み上げた。

「ただ一行、『どこの部署でもいいから、異動させてください』とある」

「え？　それだけですか？」

それは、入社二年目の木内雪乃《きうちゆきの》という女性社員から送られてきたものだという。

「これだけでは何とも言えぬな。だが、彼女は営業部営業一課所属。気になるな」

営業部はかねてより美沙子が社内で最も深い闇があると見ている部署だ。

美沙子は急いで木内雪乃に返信した。秘密は守るので、人事部へ来て具体的に説明するように、と。

「お。返信が」

すぐに木内から返ってきたメールを美沙子が読み上げる。

「メールには『やはり、この話はなかったことにしてほしい』とある」

どうやら美沙子が提案した人事へ来て説明することは拒否されたようだ。

「これは深刻かも知れぬ」

唸るように呟いた美沙子が、入江、と声を掛けた。

「また、内偵を頼むことになるやも知れぬ」

「ははっ！」

頭を下げつつ、異動に使う段ボール箱どこに置いたかな、と足許を見る入江。もう、異動にも慣れたものだ。

「その前に、木内雪乃の周辺人物を整理しよう」

入江は美沙子に手招きされ、部長席の前に立った。

「これが木内雪乃だ」

美沙子がデスクに置いたタブレットに、おっとりした雰囲気の若い女性の画像が現れた。

入江は思わず口から漏らしそうになった、可愛い、という感想を呑み込む。

ふんわりと内に巻いたミルクティー色の髪。白い肌。ぱっちりとした黒目勝ちの大きな目に小さな唇。あたかもアイドルのようではないか……。

「僕は営業二課に二カ月ほどいました。課は違っても同じ営業フロアです。けど、この女性を見た記憶がないな……」

入江が記憶を辿った。彼の網膜に営業部メンバー全員の顔が一気に蘇る。が、タブレットに映し出されている可憐《かれん》な乙女と合致する顔はない。

「木内雪乃は先月、経理部から営業に異動になったばかりだ」

「え？　まだ一カ月しか経っていないのにもう部署異動したいとは……。よっぽど何かあるんでしょうね」

そう呟きながらふと見た美沙子の目が『お前が言うか』と言っているように見えた。

「これが木内雪乃の所属している営業一課の全メンバーだ」

タブレット上から若い女性の顔が消え、今度は営業一課の組織図が現れる。一課はいわゆる白モノ家電の営業部隊だ。

「トップである課長は佐藤和義《さとうかずよし》。四十歳。入社からずっと営業畑の男だ。高圧的な物言いをするタイプではあるが、これまで部下から訴えられるような問題を起こしたことはない」

美沙子が組織の一番上に君臨している名前をタップすると、同じ営業フロアで見かけたことのある、いかにも押しが強そうなエラの張った男の顔写真が現れる。

「佐藤は同期でも出世が早い方で、佐藤に目をかけている営業領域の重役の娘と結婚して、二人の子供に恵まれている。順風満帆の人生だ」

「佐藤課長なら見たことがあります。バブル期のサラリーマンみたいなエネルギッシュなイメージです」

うむ、と頷いた美沙子は、その下にある名前をタップした。

「そして、その下が係長の国村広志《くにむらひろし》、三十八歳」

「顔だけは覚えてます。こうやって見ると、なかなかのイケメンですね」

入江が漏らすほど、国村広志の顔写真は端整で清潔感がある。

「国村は佐藤のイエスマン。見た目は清潔そうだが、過去に一度、派遣社員との色恋沙汰が発覚したことがある。いわゆるダブル不倫というヤツで、派遣社員の方の夫が会社に怒鳴り込んできた」

「なんと……」

「ただ、女性の方が国村に入れあげていたらしく、自分から誘惑したと証言したために裁判沙汰にはならなかった。その時に国村は上司の佐藤に庇《かば》ってもらって以来、ずっと佐藤の腰巾着《こしぎんちゃく》状態だ」

「なんだか、乗り込んできた夫に同情します」

美沙子はフンと軽蔑するように鼻で笑い、更にタブレットを操作した。

「あとは若手の多い部署だが……」

十数名の顔写真がズラリと並んだ。入江が見る限り、それほど特徴的な顔はない。

彼らは皆、善良そうにも見えるし、ひと癖《くせ》あるようにも見える。さすがに写真だけではわからない、と入江は溜め息を吐く。

「女性は総合職の川端諒子《かわばたりょうこ》と営業アシスタントの木内雪乃の二名。女性同士の諍いである可能性もあるし、上司によるパワハラ、男性社員によるセクハラの恐れもある」

だが、木内雪乃が訴えを取り下げてしまったために、何が起きているのかは藪《やぶ》の中だ。

「昔からミツバ電機の営業部はパワハラ、セクハラの巣窟《そうくつ》だ」

それを聞いて、入江は美沙子の先輩、美作麻衣が営業部に所属していたという話を思い出した。パワハラとセクハラのせいで心が壊れてしまったという話を。

「入江。内部から探ってくれるか？」

「はい。もちろんです。ただ……」

「ただ？」

「探りたいのは山々ですが、いくら別の課とはいえ、営業部から追い出された僕を再び受け入れてくれるでしょうか？」

そうだな、と一瞬だけ目を伏せた後、美沙子は睫毛を上げ、提案した。

「とりあえず、人事部でしっかり鍛え直したので、もう一度だけ営業で使ってみてほしい、と押してみよう」

「恐縮です」

入江は何だか申し訳ない気持ちになりながら頭を下げた。

「とは言え、入江。実際、そなたの人間力は伸びておる」

「人間力……」

それは一体、どのような能力で何を基準に計るのか、ふわっとしすぎていて入江にはよくわからない。が、突っ込んで聞く勇気もなかった。

2

そして、土日を挟んだ休み明け。

入江健太郎に営業一課への異動を命じる辞令が出た。

ミツバ電機における営業部は花形部門。だが、営業部へ向かう入江の足は重かった。

美沙子が営業一課長である佐藤に『入江を人事で鍛え直したのでそちらで使って

みてほしい』と交渉し、難色を示す佐藤を押し切ったと聞いたからだ。

——今度こそ、営業成果もちゃんと出しつつ、木内雪乃さんの件を調査しなければ。

入江は襟《えり》を正しておよそ九カ月ぶりに営業フロアへと足を踏み入れた。その空間の匂いを嗅いだだけで、営業成績の悪さを罵られ、お荷物扱いされた日々が蘇る。挫《くじ》けそうになる気持ちを奮い立たせ、入江は足を進めた。

「きょ、今日からよろしくお願いします」

入江が佐藤課長のデスクの前まで行ってお辞儀をすると、彼は侮蔑するような笑みを浮かべて立ち上がった。

「みんな、紹介しよう」

と、佐藤課長は同じブロックに座っている社員に向かって声を投げた。

が、すぐに気が変わったような顔をして続けた。

「いや、必要ないな。つい九カ月ほど前まで営業部にいたんだからな。隣の課だったとはいえ、みんな、覚えてるような、入江健太郎のことは。何せ有名人だったからなぁ」

ニヤついた顔で顎の辺りを撫でながら見下すように言う。実はこういう流れになることは想定していた。そして、こうなった時の対処法として美沙子から秘策を授けられていた。

入江は美沙子から言われた通り、軍人みたいに皆に向かって敬礼し、声を張った。

「入江健太郎！　恥ずかしながら営業部に戻って参りました！」

入江にはこれのどこが秘策なのかはよくわからなかったが、年配の社員を中心に失笑が漏れている。が、若い社員たちは得体の知れない者でも見るような目だ。

入江が動じなかったせいか、佐藤課長は苛立《いらだ》った様子を見せて語気を強めた。

「さっさと席につけ！」

「あ、はい」

佐藤課長の剣幕に、他の社員たちは無言で仕事に戻った。

入江には、皆が佐藤の顔色を窺っているように見えた。

その時ふと、向かいの席でぼんやりと入江の顔を見ている女性社員に気づく。

——か、可愛い……。

気を取られた時の癖なのか、ぽかんと口を半分ほど開けて入江の顔を見ているのは、木内雪乃だ。

「あ、ど、どうも」

入江が小さく会釈をすると、雪乃は頬をピンク色に染め、困惑するような微笑を浮かべた。アニメの美少女キャラにも匹敵する愛くるしさだ。

「入江！　ちょっと」

ふたりが視線を合わせて笑みを交わした直後、佐藤が入江を呼んだ。

「は、はい」

速足で課長席の前に立った入江の前に書類の束がドサッ、ドサッと数回に分けて置かれた。

「我が社が大手家電量販店に対して実施したアンケートだ。これを全部集計して、チェーン店ごとに今後の戦略をまとめろ」

「はい。承知しました」

入江はアンケートの束を抱えて自席に戻り、ＰＣを立ち上げてすぐに集計を始める。

それは販売店のスタッフや管理職がミツバ電機の商品をどう思っているか、売れ行きや、買い物客の反応なども細かに質問されていて、営業戦略に役立ちそうなアンケートだった。

ただ、手書きであるために読みにくい文字も多く、判読のために時間がかかる。

二時間ほど集中して作業を行い、やっと一番小規模だと思われる量販店の集計が終わった。

ふーっ、と息を抜き、凝った首を回した時、また雪乃と目が合った。

彼女は最初に見た時と同じように口を開け、ぽやんとした表情を浮かべている。

そして目が合った瞬間、頬を上気させ、長い睫毛を伏せた。

——ちょ、ちょっと。何？　その反応！　可愛すぎるんだけど。

入江は自分の心拍数が上がるのを自覚しながら、次のアンケートの束に取り掛かる。

その時、斜め上の方から声が降ってきた。

「あれ？　入江さん。総務にも人事にもいないと思ったら今度はこんな所に？　神出鬼没ですね」

声の主は秘書室の永野唯香だ。

「ああ。永野さん。永野さんこそ、どうして営業に？」

「うふふ。木内さんに用があって。私たち、同期なの」

入江は雪乃の名前を聞いただけでドキリとした。

「そ、そうなんだ」

永野は意味ありげに笑って、「木内さん。ちょっと」と声を掛け、雪乃を連れ出した。

ふたりはフロアの隅に場所を移し、親しそうに笑い合っている。

そして永野は最後にポケットから小さな封筒のようなものを取り出して、雪乃に手渡した。雪乃は入江と視線が合った時と同じように、はにかむような顔をして永野が差し出したものを受け取り、ポケットに入れる。

――何だろう……。

自席に戻ってきた雪乃は入江が自分を見ていることに気づいてハッとしたように、大きく目を開き、顔を真っ赤にした。その様子がとても純情そうに見え、惹《ひ》きつけられる。

「入江君。よそ見をしている暇があったら、さっさと仕事を終わらせた方がいいよ。佐藤課長は短気だからね」

斜め前の席から係長の国村がやんわりと注意した。

「あ。すみません」

入江は再び作業に戻り、やがて昼の休憩時間を知らせるチャイムが鳴った。

昼休み、木内雪乃は自席で可愛い弁当箱を開けた。中には彩りよく、美味しそうなおかずと小さなおにぎりが詰まっている。

「へえ。木内さんお料理上手なんですね」

思わず声を掛けた入江を、雪乃はトロンとした目で見上げる。

「全然です。お弁当はただの節約です」

謙遜するようにそう言って、雪乃はマグボトルの蓋《ふた》をキュッと回して開けた。

その時、秘書室の水沢と永野がフロアの入口に立って入江を手招きしているのが視界に入った。

「あ。じゃあ、僕は食堂に行ってきます」

急いでふたりの所に行くと、永野は雪乃に向かって小さく手を振っている。

「永野さん、木内さんと親しいんですね」

入江がそう尋ねると、永野は「研修中はそれほどでもなかったんだけど、最近ちょっと色々絡むことがあって」

と、曖昧に笑って言葉を濁す。

「へえ。そう言えば、今日、何か渡してましたよね？」

入江が更に突っ込んで聞くと、永野は冗談っぽく笑いながらではあるが、ぴしゃりと言った。

「女同士の秘密です。いくら入江さんにでも言えません」

「す、すみません。ちょっと気になったもので」

定食の列に並んで味噌汁《みそしる》をトレーに載せながら、入江は話題を変えた。

「ところで、おふたりは営業一課の佐藤課長ってどう思います？」

水沢は野菜炒《いた》めの皿を選んでから答えた。

「部下の好き嫌いが激しくて依怙贔屓《えこひいき》が酷いって聞いたことありますよ。男女問わず、気に入った子のことはとことん可愛がって、気に入らないと目の敵。追い出すまで虐《いじ》め倒すって話です。それもパワハラにならないよう慎重に、教育の一環、って名目でも通るように」

永野も「私も聞いたことあります！」と水沢に同調してから続ける。

「だけど、営業部全体がそういう感じなので、部長も注意しないらしいですよ」

「それでみんな課長の顔色を窺ってるんですね」

入江が営業部フロアの空気を思い出していた時、水沢が険しかった表情を緩め、ふと思い出したように言った。

「そう言えば、杉本さんと栗山さん、秘書室に戻ってきたんですよ？」

「あれから五カ月か……。それで、秘書室は大丈夫なんですか？」

入江の脳裏に、杉本、栗山の二大巨頭が君臨し、派閥争いを繰り拡《ひろ》げていた時の殺伐とした秘書室の光景が蘇る。

「それが……。ふたりとも別人みたいにおとなしくて。今は宮部室長に対してもすごく従順なんです」

水沢がそう答えると、永野も興奮気味に、

「経理部では何の特権もなくて、色々と身に染みたみたいです。ほんとにすごいですよね、檀上部長は！」

と美沙子の采配を褒め称《たた》える。

「そうなんですね……。良かった。秘書室が平和なままで」

入江は胸を撫で下ろす。

その後も、秘書室の穏やかでチームワークのいい仕事ぶりを聞いているうちに時間が過ぎた。

「ああ。もう一時前か。楽しい時間はあっという間ですね」

壁の時計を見た入江の網膜に、佐藤課長の侮蔑の表情が蘇る。

入江は調達部にいた時と同じぐらい憂鬱な気分で営業フロアに戻った。

一課の自席に戻る途中、給湯室で弁当箱を洗っている木内に気づいた。

「あ。入江さん」

入江の視線に気づいた様子で、木内がこちらに顔を向けてニコリと笑う。

「どうも」

入江が会釈を返すと、木内は洗った弁当箱を布巾《ふきん》で拭いながら、

「社食って美味しいですか？　実は一度も行ったことなくて」

と尋ねる。

「そうですね。定食はワンコインだし、栄養バランスも良くて、カロリー計算されてるけどボリュームもありますよ」

入江が答えると、ふうん、と雪乃は感心したように頷く。

「じゃあ、今度、連れてってください、食堂」

無邪気な顔でねだるように言う雪乃に、入江は心臓を撃ち抜かれたような気分になった。

――これって、誘われてる感じ？

「う、うん。もちろん！　じゃあ、明日の昼にでも行こうか」

「はい！　ありがとうございます！」

満面の笑顔を見せる雪乃。

と、その時、係長の国村がふたりの世界に割り込むようにやってきて、自分の湯呑みにお茶を淹れ始めた。

「あ、係長。私、やりますよ」

雪乃が笑顔で申し出る。

「え？　そう？　悪いね」

国村が笑顔で湯呑みを手渡す。

──なんて優しく気配りのできる子なんだろう。

入江は感心しながら、「じゃ、明日」と雪乃に声を掛けてから給湯室の前を離れた。

雪乃の蕩けるような笑顔を思い出した入江は、恋に落ちてしまいそうな甘い予感に苛まれつつ、自席に戻ってアンケート集計の続きに専念した。

集中しているつもりでも、ふと気づけば自席に戻った雪乃の方を見ていた。

彼女も入江の視線に気づくと、例の口をぽかんと開けた独特の表情で彼を見る。

──ヤバい。マジで好きになりそう。いや、ヤバくはない。お互いに独身なのだから。

入江はこれまで合コンに誘われることも、友人から異性を紹介されることも、マッチングアプリに登録することもなく、勉学と歴史小説、そして時代劇鑑賞の世界に生きてきた。

たまたま、クラスで隣の席になった女の子が親切にしてくれたりして、好きになったことはある。が、そのきっかけを進展させることはできず、交際に至ったことはない。彼女たちが雪乃ぐらいわかりやすい反応を見せてくれたなら、一緒に食堂に行きましょう、と誘ってくれていたなら、ガールフレンドのひとりやふたり、在学中にできていたかもしれない。

——相思相愛の恋の始まりとは、こんなに胸が弾《はず》むものなのか……。

恋愛に無縁だった入江はトキメキを抑えることができなかった。

そして、定時前、入江は佐藤課長に呼ばれた。

「入江。昼休みもたっぷり取ったようだが、アンケート集計、どこまで終わったんだ？」

それは高圧的な聞き方で、すぐにでも罵る準備ができているようなトーンだ。

入江はプリントアウトした用紙の束と、アンケートの原紙を抱えて佐藤の前に行った。

「全部終わりました」

「え？　もう？　嘘だろ？」

雪乃のことで気が散ってはいたが、入江にとって単純作業は得意中の得意だ。

佐藤課長は原紙と集計表を見比べて、驚嘆の表情を見せた。

その時、終業のチャイムが鳴り、木内雪乃が立ち上がった。

「すみませ〜ん。私、これで失礼しま〜す」

佐藤が急に目尻を下げ、「ああ。木内君。お疲れ様」と猫撫で声で優しく労う。

入江は瞬時に、雪乃と一緒に駅まで歩く自分の姿を想像した。

「あ。僕も今日は……」

帰ります、と言いかけた入江に、いつの間にか険しい表情に戻っている佐藤が命じた。

「続きだ」

そう言いざま、今朝と同じように引き出しから出したアンケート用紙を、ドサッとデスクの端に置く。

「今朝頼んだのが一昨年のアンケート。これが去年のだ」

二年前に実施したアンケートをまだ集計していなかったのか……。情報は鮮度が命なのではないのだろうか。

呆《あき》れながらも、入江は置かれた束を手に取った。

すごすごと自席に戻りかけた入江の背中に向かって佐藤が大声で言った。

「それから、皆！　今夜は飲み会だ。六時になったらここを出発する。いいな！」

そんな話を今初めて聞いた入江は、え？　と佐藤を振り返った。

「あ……。えっと……」

戸惑う入江に、佐藤が畳みかけた。

「男性社員は全員参加だ。入江の歓迎会だからな」

他のメンバーも聞いていなかったのだろう。迷惑そうな顔だ。

「すみません……」

入江は誰にともなく謝りながら席に戻った。

3

アンケート集計が四分の一ほど終わったところで、六時になった。

入江は帰り支度をしてから、三々五々フロアを出始める男性社員たちの後に続いた。

「入江君。一緒に行こうよ」

肩をポンと叩かれて振り返ると、スーツ姿の、とても知的な顔立ちで、笑顔が爽やかな女性が立っていた。

「えっと。あなたは川端諒子さん、ですね？」

美沙子が示したタブレット上で見た写真よりも美人だ。艶やかな黒髪とキメの細かい白い肌。とても、三十歳には見えない。

「知ってくれてたんだ。よろしくね」

川端諒子が爽やかに笑って右手を差し出す。その態度は雪乃とは対照的に男性的でサバサバしている。

「ど、どうも。こちらこそ、宜しくお願いします」

スーツのポケット辺りで手のひらを拭い、彼女の右手を握った。すると、諒子は入江の気遣いを、「そんな、気にしなくていいのに」と笑い飛ばす。

「そう言えば、今日は男性社員だけって、佐藤課長は言ってませんでした？」

ふたり並んでエレベーターホールへ向かいながら記憶を辿る入江に、諒子は、

「私は女の数に入ってないから」

と屈託なく笑う。

「そんな……。川端さんはどう見ても女性ですよ」

到着したエレベーターに乗り込むタイミングでそう口走ってしまったせいで、ふたりきりのケージ内に微妙な空気が流れてしまった。

「あ、すみません。変な意味じゃなくて……」

「いいの、いいの。悪い意味で言ってるんじゃないってわかってるから。入江君も私のことは女だと思わなくていいからね」

諒子は慣れている様子で軽く手を振る。だが、その目はどこか虚《うつ》ろに見えた。

「営業部で男性社員と対等にやっていくためには、こういう付き合いにもちゃんと顔を出さないとね」

その言い方が、入江には彼女が自分に言い聞かせているように聞こえた。

「そうなんだ……」

入江は、大変ですね、という言葉を呑み込む。

「ほら。ここよ」

会社を出て五分ほど歩いた所に古めかしい居酒屋があった。サッシが四枚ほど並んだ間口の広い店で、入った所にはコの字型の大きなカウンター席。

まだ六時過ぎだというのに既に酔っぱらっている様子の作業着姿の人たちが飲んでいる。

「こっちよ」

諒子は我が家のように酔客たちの後ろの狭い通路を歩いて奥へと進む。

開け放たれた襖の向こうに広い座敷があった。

長く大きなテーブルの周りに座布団が十数枚、並べられている。

中央に座っている佐藤課長が皮肉を言った。

「おいおい。主役が遅れてきてどうすんだよ。重役か？」

「す、すみません」

入江は頭を下げ、急いでビジネスシューズを脱いだ。

「入江。こっちに来て座れ」

佐藤課長が自分の右隣の座布団をポンポンと叩いた。

諒子が気の毒そうな顔で見ているのが気になるが、入江に選択の余地はない。

「はい。失礼します」

恐縮しながら横に座った入江のグラスに、佐藤は一升瓶を持ち上げて冷酒を注いだ。

「あ。すみません。僕、日本酒とか飲めなくて」

「何？」

拒否しようとした入江を佐藤が威圧する。

「い、いただきます……」

仕方なくグラスを持った入江に、誰からともなく、「一気！　一気！」とコールがかかる。入江は目をぎゅっと瞑って、グラスの中の酒をぐーっと口に含んだが、そのままゲロゲロとグラスに戻した。

「あはははは！」

皆は笑ったが、佐藤だけは笑っていなかった。

「馬鹿野郎！　吐き戻す奴《やつ》があるか！　俺の酒は飲めないって言うのか？」

詰め寄られ、困っていると、川端諒子が右手を上げて立ち上がり、「はい！　川み干した。
端、飲みまーす！」と命じられてもいないのに、中ジョッキの生ビールを一気に飲
「すげー！」
「さすが、川端さん！」
座が盛り上がった。
入江は諒子に助けられたのだと察し、申し訳ない気持ちになった。
だが、ちらっと見た佐藤は憮然《ぶぜん》としている。
「さすが、川端君。営業成績もトップクラス。酒の強さもナンバーワン。男ども、
情けないと思わんのか⁉」
佐藤課長の叱責に、場の空気が一気に白けた。
「川端君は常々、『私のことは女だと思わず、厳しく指導してください！』なんて
健気《けなげ》なことを言う頑張り屋さんだ」
佐藤はさっきとは打って変わってニヤニヤ笑いながら諒子を見る。
「けどな。男と女は違うんだよ。男は女の何倍も数字を上げられて当たり前なんだ。
それは差別じゃない。区別だ。だって、ここで川端君に『脱いでみろ』っても脱
げないだろ？　それは女だからだ」

入江は我が耳を疑った。

が、佐藤の意図を汲《く》んだように国村が立ち上がり、「僕は脱げますよ！　男だから！」とネクタイを緩め、ワイシャツを脱ぎ始めた。

すると、他の数名が我も我もと脱ぎ始める。

――馬鹿馬鹿しい。

入江以外にも、げんなりした顔で俯いている男性社員が数名。皆、若手だ。むしろ、四十代以上の社員の方が悪乗りしている。

「脱〜げ！　脱〜げ！」

佐藤が手を叩き、はやし立てる。一緒になって手を叩く中年社員。それは明らかに諒子に向かって掛けられているコールだ。

諒子は笑っているが、その瞳はどこを見ているのかわからない。テーブルの上の拳は握りしめられて震えている。

――川端さん、大丈夫かな……。

入江は黙っていられなくなって声を上げた。

「僕は脱げません！　男だけど！　こんな所で脱ぐのはバカみたいで恥ずかしいからです！」

入江が立ち上がってそう叫ぶと、脱いだ男性社員たちから睨まれた。

佐藤も忌々しいものでも見るような目で入江を見ている。

が、すぐにヘラッと笑った。それがかえって不気味だ。

「まあ、いい。入江。酎ハイぐらいなら飲めるんだろ?」

「はい……。少しなら」

その後は口当たりのいい酎ハイを十杯近く飲まされ、入江はまっすぐ座っていられないほどヘロヘロになった。

正面の席では酔っぱらった中年社員に絡まれている川端諒子が、笑顔で躱している。

――大変だなあ、川端さんも……。

自分の上半身が右に左にとユラユラ揺れるのを感じながら、諒子の様子を見ていた。

やがて、飲み放題の終了時間、八時半となり、「二次会、行くぞー!」と拳を上げる佐藤を先頭に、営業部員たちは座敷を出る。

店を出て、ふらふらと彼らについていこうとする入江に、佐藤が歩み寄り、

「入江。今日の夕方、渡したアンケートの集計は終わってんのか？」

と詰め寄るように言った。

「いえ。まだです」

「じゃあ、飲んでる場合じゃないだろ？」

「え？」

「社に戻って続きをやれ」

マジか、という言葉を呑み込み、入江は酔っぱらいらしく敬礼した。

「イエス・サー！」

そう叫んで踵を返し、会社へ向かおうとした時、諒子がいないことに気づいた。

――あれ？

不思議に思いながら居酒屋の前を通りかかった時、店から諒子が出てくるのが見えた。

「あれ？　川端さん？」

諒子の目許は泣き腫《は》らしたように赤くなっている。

そういえば、彼女は途中でトイレに立ったまま、戻ってこなかった。

「川端さん、大丈夫ですか？」

「平気よ、気にしないで」

諒子はサラリと小声で入江に返し、

「待ってくださーい！」

と、二次会へ向かう営業部の団体の後を追っていった。

――なんだか、辛そうだな……。

その健気な後ろ姿を見送ってから、入江は再び会社に向かって歩き始めた。

4

遠くからザワザワと騒音が聞こえてきた。

閉じている瞼《まぶた》の上がほんのり明るい。

――何だろう。朝っぱらからうるさいな……。え？　朝？　うん？

入江はハッとして身を起こした。

周囲を見渡すと、そこには朝の風景が広がっている。

オフィスに出勤してきた社員たちがコーヒーを飲んだり、仕事の準備を始めたりしている。

「あれ？　いつの間に寝ちゃったんだろう……」

居酒屋から会社に引き返し、営業フロアに戻ってきてアンケートの集計を続けようと席についたところまでは覚えている。

限界までアルコールを飲まされたせいか、椅子に座った途端にドッと疲れが出てきて、眠くなった。

——ヤバい。あのまま寝てしまったようだ。

焦る入江を木内雪乃が、今朝もぼんやりした表情で見ている。

「あ。どうも」

「入江さん。昨日、ここに泊まったんですか？」

「え？　わかります？」

聞き返すと、雪乃がクスッと笑った。

「だって、髪の毛がボサボサだし、シャツもネクタイも昨日と同じみたいだし」

指摘され、入江は乱れているらしい前髪を指先で整えながら、テヘと照れ笑いした。

その時、「おい！」と佐藤の声がした。それは入江の視線を雪乃から引き剝がそうとするかのようなそれだった。

「入江。昨日頼んだアンケートは終わってるんだろうな?」

「あ、いえ……。す、すみません。ゆうべ、あれから戻ってきたんですけど、どうも飲みすぎてしまったみたいで、うっかり眠ってしまって……」

「お前、ナメてんのか? ちょっと来い」

怒り心頭の様子で佐藤が立ち上がり、入江のスーツを引っ張るようにしてミーティングルームへと歩いていく。

若い男性社員たちの顔には同情するような表情が浮かんでいた。

——嫌な予感……。

いつも以上に高圧的な態度に、身の危険すら感じる。

バタン、とミーティングルームのドアが閉まった。

中には大きなミーティングテーブルがあり、周囲に八人が掛けられるようになっている。

壁には大型モニター。他の拠点とリモートで繋ぎ、両方の会議室の様子をカメラで映して互いの映像を見ながら会議ができるテレビ会議システムも導入されている。

照明がついていないため、中は薄暗かった。が、ドアは扉の中央にガラスがはめ込まれていて、外からも見える。

――さすがに他の課員の目がある中で暴力を振るようなことはないだろう。

入江は外からの視線を確認した。

「お前なぁ。俺が頼んだ仕事はその日の内にやるんだよ、何があってもな」

椅子に座ることもなく、仁王立ちになったまま佐藤が責める。

「すみません」

「本当にすまないと思ってんのか？」

佐藤が入江との距離を詰める。

「は、はい……。思ってます」

「じゃあ、なんで言い訳したんだ」

理不尽な飲まされ方をしたせいで寝てしまった、それは事実であって言い訳ではない。

そもそも、アルコールを摂取した後で仕事に戻らせるなんて普通じゃない。

そう言いたい気持ちをグッと押さえ、入江は頭を下げた。

「すみません……」

営業一課での内偵を続けるため、入江はひたすら謝るしかなかった。下手に口答えしたら、またここを追い出され、調査ができなくなるからだ。

「お前のような奴は口先で謝るなんて平気なんだろ。本当に悪いと思ってるんなら、土下座《どげざ》しろ」

「は？」

一瞬、佐藤が言っている言葉の意味が理解できず、入江は声を上げてしまった。

あまりに理不尽だったからだ。

「土、下、座、だよ」

佐藤は明瞭な滑舌で、言葉を区切って繰り返した。

仕事ができてなかっただけで、土下座？

「早くしろ。俺は忙しいんだ」

佐藤の言う通りにしなければ、この時間は終わらない。

どうして自分がこの男に土下座を強要されなければならないのか、という疑問と屈辱。が、謝らなければこの密室で延々と佐藤に罵られ続けることになるというストレスとがせめぎ合う。

長い葛藤の末、ついに入江は項垂れ、片足ずつ、膝を折った。

「申し訳……ありませんでした……」

両手をついて頭を下げると、佐藤は「しばらくそうやっとけ」と言い放ち、ミーティングルームを出ていった。

その時、横目でガラス越しに見たフロアの社員たちは大半が気の毒そうな顔。が、国村を始め、ゆうべ、シャツを脱いだ中年社員たちの口許はニヤついている。

木内雪乃の心配そうな顔を見た時、入江は土下座させられている自分が情けなくて泣きたくなった。

――木内さん……。僕は耐えます。あなたを苦しめている者を特定して、成敗するために。

それから三十分ほど経った時、佐藤がミーティングルームのドアを開けた。

「いつまでサボってるつもりだ？　さっさと続きの集計をやれ！」

足が痺《しび》れてすぐには立ち上がれない入江を、佐藤は侮蔑の表情を浮かべて見ていた。

その日の昼休み。

木内雪乃が入江の席に来て、「入江さん。早く食堂行きましょうよ」と微笑んだ。

何事もなかったかのような態度に救われる。

入江は約束通り、木内雪乃を連れて社員食堂に行った。秘書室のふたりも一緒だ。

雪乃とふたりきりで過ごしたいという気持ちはあったが、自分ひとりでランチタイムを盛り上げる自信がなかった。

「へええ。意外とお料理の種類、多いんですねー」

雪乃が目を輝かす。

永野とは同期の雪乃だが、先輩にあたる水沢ともすぐに打ち解けた。

もっと雪乃のことを知りたい、と思っているうちに昼休憩の時間は終わり、入江は雪乃と一緒に営業フロアに戻った。

——まだ怒ってるのか、佐藤課長……。

「木内君」

佐藤が入江の方を見て睨んでいる。が、佐藤が呼び付けたのは入江ではなかった。

え？　と上司に呼ばれただけで、雪乃はびっくりしたように両肩を跳《は》ね上げる。

「は、はい。課長」

と、おどおどと返事をする雪乃に、佐藤は優しく目尻を下げて微笑み、
そして、

「上の応接に珈琲をふたつ頼む」

と依頼した。
――来客だろうか。
佐藤は席を離れ、ひとりでフロアを出た。
会議室とミーティングルームはそれぞれのフロアにひとつずつある。
が、大切な来客の場合は、最上階の応接室が使用されることが多い。
「じゃあ、私、行ってきますね」
入江に明るい笑顔を見せた後、雪乃も営業フロアから出ていく。
――なんだろう。胸がザワザワする。
入江は彼女の後を追わずにいられなかった。
雪乃は応接に珈琲を出す機会が多いのか、慣れた様子で給湯室へ入っていった。
そして、すぐに白いトレーの上にカップをふたつ載せて出てくる。
入江は通路に置かれている観葉植物の陰に隠れながら、雪乃の行き先を目で追った。
コンコンコン。
雪乃は迷う様子もなく、通路の中央辺り、右手にある応接室をノックして中に入っていった。

入江はすぐさま足音を忍ばせ、その応接室の入口に貼り付く。その扉に耳を近づけて、中から漏れ聞こえてくる声に耳をそばだてた。

「木内君。まあ、座りなさい」

それは佐藤の声だった。

――は？　来客のために珈琲を淹れさせたんじゃなくて、木内さんとふたりで飲むためにここへ呼んだのか？

不可解な行動に首を傾げながら、入江は盗み聴きを続ける。

「木内君。この前の件、考えてくれた？」

しばらくの沈黙の後、佐藤が甘い声で切り出す。

「えっと……」

雪乃は困惑するようなトーン。言葉に詰まっている。

「俺はね。君が可愛くて仕方ないんだよ」

口説くような佐藤の声に、入江は鳥肌が立つのを感じた。

「君だって、後ろ盾になってくれる男がいた方が何かと仕事もしやすいだろ？　もちろん、金銭的にも援助するつもりだ」

それを聞いた入江の頭の中に『愛人』というワードが浮かぶ。

「でも……」

同じフロアで仕事をしていれば、佐藤の高圧的な態度も目の当たりにしているはずだ。

雪乃は恐ろしくて言いたいことも言えないのだろう。まともに答えられない様子だ。

このままでは雪乃が押し切られてしまうのではないか、という危惧を覚えた入江は、隣の応接室に入り、内線電話の受話器を取った。

「えっと……。佐藤課長がいる応接室の内線は……と」

電話の横に置かれている内線一覧を素早く見て、番号ボタンをプッシュした。

壁を挟んで隣の部屋で電話の音が鳴り響いている。

『はい』

佐藤の怪訝そうな声がした。

入江は鼻をつまみ、声音を変えて「秘書室の宮部ですが。これからそちらの応接を会長が使用されます。すぐに出てください」とまくしたて、電話を切った。

すぐに壁に耳をつけると、壁の向こうで「ったく！」と佐藤の毒づいている声が聞こえた。続けて佐藤はブツブツと言う。

「この応接はいつも空いてるのに……。ＰＣで予約しとけばよかった。それにしても、どうしてこの部屋を使ってるのがわかったんだ？　秘書室から誰か見に来たのかな」

案の定、予約なしで応接を使っていたようだ。入江は、「ヨシ！」とガッツポーズ。

「じゃあ、木内君。近い内に食事にでも行こう。君が行ったことのないような高級フレンチを予約しておくよ。返事はその時で」

という佐藤の声は聞こえたが、雪乃の返事は聞こえなかった。

――もしかして、木内さんはこの状況に耐えかねて部署異動を願い出ようとしたのだろうか。いや、それ以外に考えられない。

ふたりが隣の応接から出る気配がした。

彼らが歩き去る足音を確認してから、入江も応接を出た。

5

その日の夕方、入江は人事部へ向かった。

――佐藤課長の木内さん愛人計画を阻止しなければ。

怯えているであろう雪乃が、圧《お》しの強い佐藤に押し切られてしまうのは時間の問題であるような気がした。

「というわけなんです。木内雪乃は佐藤課長から愛人関係を強要されそうになっています。これは明らかにセクハラです」

「なるほど」

わずか数日で営業一課の専制君主的な体質、女性差別的な空気もわかった。

見たこと全てを入江は報告した。

「木内雪乃も気になるが、川端諒子のことも気になるな」

ついさっき雪乃の窮地を知ってしまったせいで、諒子についての報告は実情を伝えるにとどまっていた。

が、美沙子は雪乃と同じか、それ以上に諒子のことを案じているようだ。

「日誌に一課の飲み会で調子に乗ってシャツを脱いだメンバーの名前も漏らさず記載しておくように」

「ははっ！」

「そなたは引き続き、調査を。私はあの男に罠を仕掛けてみよう」

「罠？」

「うむ。証拠を得るための罠だ」

その目に怒りの炎が宿っているように見えた。


報告を終えた入江が営業フロアに戻ると、一課の席替えが行われていた。

雪乃は並べ終わったデスクやキャビネットを雑巾《ぞうきん》で拭いている。が、諒子は他の男性社員に混ざってデスクの移動をしたり、床に這いつくばって配線を整理したりしている。

「あ。川端さん。重いのは僕がやりますから」

ひとりでキャビネットを動かそうとしている諒子に声を掛けたが、彼女は「大丈夫です」と手助けを拒否する。

「でも……。こんなの女性ひとりでは動かせませんよ。ほら、僕がこっちを持ち上げますから」

「大丈夫ですから！」

キャビネットに触れようとした入江の手を、諒子の手が払いのけた。

「これぐらい女でもひとりでできます！」

男性社員に負けまいと、意固地になっている様子だ。それもこれも営業部に蔓延《まんえん》する男尊女卑の空気のせいだ、と入江は確信していた。

そのすぐ傍で、雪乃が鼻歌まじりに雑巾がけをしている。彼女は自分にできることだけを楽しくこなすという考えなのだろう。諒子とは対照的だ。

入江の目に諒子の姿が悲壮に映った。

入江は必死で重いキャビネットを動かし続ける彼女の背中を気にしながらも、ひとりその場を離れ、こっそりミーティングルームへ入った。パワハラの証拠を手に入れるために。

ひと通りデスクの配置換えが終わった後、佐藤課長がパンパンと手を叩いた。

「みんな、ちょっと集まってくれ！」

一課の全員が課長席の前に並んだ。

「先月の営業成績を発表する」

それは営業一課の恒例行事らしく、佐藤課長の宣言に皆が一斉に拍手をする。

しかし、この場で発表するまでもなく、一課のホームページには営業マン全員の受注状況が日々リアルタイムで積み上げられているのだが……。

それでも月が変わったタイミングで上位成績者を称賛するのがイベント化しているのか、佐藤課長は重々しい口調で発表した。

「第一位！　国村係長！」

おおー、と声が上がり、大きな拍手が巻き起こる。

——あれ？

入江は首を傾げた。

彼が最後に見たホームページの棒グラフによれば、ダントツの一位は川端諒子だったからだ。

隣に立っている雪乃が不思議そうに呟く。

「どうしてかわからないんですけど、川端さんはいつも、一位が獲《と》れないんですよね。月末二日前までは川端さんが一位なのに。最後の一日で引っくり返されてるんですかね……」

そんなぎりぎりまで受注の出し惜しみ、あるいは積み上げをすることができるものなのだろうか？

入江は不信感を拭えない。

「第二位は今月も川端君だ」

なぜか拍手がまばらになる。

「また、枕営業か」

「国村係長が、家電量販店の売り場責任者と川端女史がデートしてる場面、見たってよ」

諒子を侮辱するような囁きがあちこちで漏れる。

「あのー」

入江は黙っていられなくなって声を上げた。

「なんだ、入江。何か言いたいことでもあるのか？」

佐藤課長がいつもの高圧的な物言いをする。

入江は気持ちを奮い立たせて続けた。

「皆さんにお聞きしますけど、どうして女性の営業成績が良かったら、そういう反応になるんですか？」

「そりゃあ、女には色々な武器があるからだよ。営業成績が実力かどうか、怪しいもんだ」

と、国村がニヤつきながら発言し、一部の社員から下品な笑い声が起こる。

入江は意を決して断罪した。

「それはセクハラ発言ですよ？」

国村に食ってかかろうとする入江に、諒子が「いいから。もうやめて。男の人に庇われると惨めになるから」と涙ぐみ、その場を離れた。

「川端さん！」

追いかけようとする入江を佐藤がフロア中に響き渡るような大声で怒鳴った。

「おい、入江！　お前、今、セクハラったのか？　セクハラもパワハラもこの営業一課に存在するわけねぇだろう！　訂正しろ！　営業一課はコンプライアンスを厳しく遵守する部署なんだぞ！」

その怒鳴り声に雪乃が身を竦《すく》める。

それを見た佐藤は言葉を詰まらせた後、「入江。ちょっと来い」とまたもやミーティングルームに入江を引っ張っていった。

そして、ドアが閉まるやいなや「土下座して訂正しろ」と詰め寄った。

「は？　どうして僕が……」

「謝罪しないのなら、営業一課から出てってもらうぞ」

「どうしてそうなるんですか？」

「俺のやり方に馴染《なじ》めないようだからだよ」

「……」

前回の土下座強要については報告済みだ。が、美沙子からは『密命を完遂するまでは耐えよ』と命じられている。

──それに、川端さんのことも気になる……。

入江は唇を噛んだ。

「早くしろよ。忙しいんだよ、俺は！」

佐藤が苛立たしげに入江との距離を詰めてくる。

入江は悔しさを奥歯で噛みしめ、膝を折った。そして、自尊心を捨ててぎゅっと目を瞑り、両手をついた。

「すみませんでした。営業一課にはセクハラもパワハラも存在しません」

そう言い終わった瞬間、頭の上に何かが載せられるのを感じた。靴の底と思われるものが重みを増し、入江の額を床に押し付ける。

「入江。慣れって怖いよなあ。一回目の時よりも土下座するまでの時間が早い」

頭を踏みつけられ、あまりの屈辱に入江は唇を強く噛みしめた。

「お前みたいな使えない雑魚《ざこ》が組織を批判してんじゃねえよ」

捨て台詞《ぜりふ》を残し、佐藤がミーティングルームを出ていった。

——よし！

佐藤の背中を見送った入江は、ミーティングルームに設置されている会議記録用のレコーダー機器の録画スイッチを切った。

「やっちゃいましたね、佐藤課長。今回だけじゃなく、以前にも僕に土下座させたことまで告白しちゃった」

呟いた入江は、ポケットからメモリースティックを出して、佐藤が入江を恫喝《どうかつ》する様子が記録されているであろうデータを吸い上げた。

パワハラの証拠をポケットに隠した入江は、そのままフロアを出て諒子を探した。

女子トイレから出てきた清掃員を呼び止め、

「すみません。中で営業の女性、見ませんでしたか？　髪は黒くて、この辺ぐらいの長さの」

と、顎のラインに手をやって尋ねた。

「ああ。いつもトイレで泣いてる子かい？」

頭に水色のバンダナキャップをかぶった、ぽっちゃりした女性清掃員にそう聞き返された。

――川端さん、いつもここで泣いていたのか……。

トイレに隠れて泣いている諒子の姿を想像した入江の胸はズキリと痛んだ。

「あの子なら、さっきまで個室に籠ってたけど、五分ほど前にエレベーターの方へ行ったよ。トイレからの屋上。あの子が落ち込んだ時のお決まりのコースだよ」

清掃員の女性は「一流企業でも、色々あるんだねえ」と気の毒そうに言う。

「ありがとうございます。屋上、探してみます！」

礼を言い、入江は急いで屋上へ向かった。

「川端さーん！」

屋上へと続くドアを開けた入江は、大声で呼びかけた。

屋上に足を踏み入れると、ふらふら柵の方へ歩み寄る諒子の姿が見えた。

「川端さん！　早まらないで！」

焦るあまり、入江はつまずいて派手に転んだ。数メートル先では諒子が手すりを乗り越えようとフェンスに片足を掛けている。

「やめろ！」

叫びながら何とか立ち上がった入江の目の前に、檀上美沙子が現れ、諒子の体を手すりから引き剝がした。

「あっ……！」

屋上のコンクリートに勢いよく転がった諒子は声を上げ、そのまま泣き崩れる。

「もう、無理……。もう消えて楽になりたい……。もう限界なんです……」

諒子の両方の目からとめどなく涙が溢れている。

「情けない……。情けない……」

諒子は自分を責めるように屋上の床を手で叩く。その両手に血が滲んでいた。

──川端さん……。

入江は想像以上に追い詰められていた諒子の心が崩壊する瞬間を見てしまったような気がしていた。

ゆっくりと柵の傍を離れた美沙子が、諒子の前にしゃがんだ。

そして彼女の頭を撫で、

「川端諒子。今までよく耐えた」

と、言いながら抱きしめ、彼女の痩《や》せた背中を優しく叩いている。

美沙子は何度も「今までよく頑張った」と子供に言い聞かせるように繰り返した。

「入江。そなたは彼女を医務室へ連れていき、産業医に説明してしばらく休ませるよう伝えよ」

「ははっ！」

入江は諒子に肩を貸して立ち上がらせた後、美沙子にUSBメモリーを渡した。

「ここに佐藤課長のパワハラの証拠が入っています。営業一課の一部の社員がセクハラやパワハラに麻痺《まひ》しているのは佐藤課長のせいです」

「うむ。よくやった」

あとは美沙子に任せ、入江は屋上から諒子を連れ出した。

6

「営業一課の奴らめ。許せん。どうしてくれよう」

ふつふつと湧き上がる怒りに身を震わせながら、美沙子は人事領域の重役、天野の執務室を訪れた。

「檀上君。今日は何事かな？　いつにも増して顔が怖いよ？」

美沙子の顔を見て頬をピクつかせる天野。

「まずはこれを」

美沙子は入江から受け取ったＵＳＢメモリーを天野の執務机の上に置いた。

「そこに営業一課のパワハラの証拠が入っています」

「こ、ここに？」

ゴクリ、と唾を飲み込む音を立てた天野が、受け取ったメモリーをゆっくりとＰＣに挿した。

数秒の沈黙の後、天野は怪訝そうに、

「うん？」

と、画面を覗き込む。その態度に異常を感じた美沙子は、上司を押しのけてＰＣを見る。

「え？　データなし？」

テレビ会議システムが起動していなかったとか電源が抜けていたとかそういうオチだろうか？　と美沙子は首をひねる。

美沙子は何事もなかったかのように涼しい顔で咳払いをひとつし、

「営業一課はセクハラ問題も孕んでいます」

と言い放つ。

「え？　セクハラも？　パワハラだけじゃなくて？」

「ええ。ある人物が若手社員を愛人にしようと企んでいます。しかも、本人は妻帯者でありながら」

「え？　誰？　部下に不倫を持ちかけるなんて、うらやまけしからん奴だ。檀上君、そんなヤツは斬り捨ててしまいなさい」

妻帯者でありながら美沙子を誘う自分のことは棚に上げ、天野は怒り心頭の様子だ。

「ありがとうございます。では、お言葉に甘え、営業一課の佐藤課長を断罪させて頂きます」

天野は佐藤の名前を聞いた途端、野太い声で悲鳴を上げた。

両腕をクロスさせて胸元を隠す乙女《おとめ》のようなポーズをして、天野がブルブルと首を左右に振る。

「ダメだよ、檀上くん。さすがに重役の娘婿を処分することはできないよ。佐藤君は営業の松平《まつだいら》重役の義理の息子だよ？」

「何人たりとも、セクハラパワハラは許されません。重役の娘婿というのは免罪符にはなりません」

「いやいやいやいや、それはそうだけど……」

「それともアレですか？　ミツバ電機には重役の娘婿同盟でもあって、天野重役もその団体に加入されているとか？　だからそんなに佐藤課長の肩をお持ちになるんですか？」

「ま、まさか。そんなのあるわけないじゃない。君、面白いこと言うね」

天野は余裕を見せるかのように笑っているが、明らかに動揺しているのがわかる。

同盟はないとしても、飲み会ぐらいはやっていそうだ、と美沙子は勘繰る。

「もちろん、天野重役がそのような同盟に加入していたとしても、つまらない仲間意識で誰かを庇いだてするような人並みの情けがあるとは思えませんが」

「……。それって、褒めてるの？　貶してるの？」

「想像にお任せします。それよりも、万一、佐藤課長の義父である松平重役が娘婿を庇ってセクハラを隠蔽するようなことがあれば、それはエリートからの転落への第一歩です」

天野は右斜め上あたりの何もない空間を見上げながら、ふと呟く。

「つまり、僕の専務昇格……、ひいては社長就任にまた一歩近づくってことか……いやいやいやいや、やっぱり僕は反対だからね、佐藤君を斬るのは」

「そうですか」

美沙子の冷たい目が天野を一瞥する。

「わかりました。では、本人が猛省して辞表を書く気になった場合はどうでしょう?」

「それは……。あの佐藤君が自らミツバ電機を辞めるとは思えないけど、本当にそれが本人の意思なら、仲間意識のない僕が止める義理もないが……」

天野がニヤリと笑って皮肉な言い方をする。

「承知しました」

それなら、本人に辞表を書かせます、と言い残し、美沙子は重役室を出た。

——入江め……。どこにも証拠と言える映像は入っておらぬではないか。私に恥をかかせおって。

7

産業医が処方した軽い鎮静剤を飲んだ諒子は静かに眠った。

「また後で来ます」

そう言い残して入江は営業フロアに戻った。

「あれ？　木内さんは？」

向かいの席に雪乃の姿が見えず、入江は思わず呟いた。

「上の応接に珈琲を淹れに行ったけど」

隣の若手がファイルを開きながら答える。

見れば佐藤課長の姿もない。

入江は急いでパソコンの応接会議室の予約画面をチェックした。

案の定、佐藤課長がこの時間、応接室を予約している。今度こそ、邪魔が入らないようにという企みだろう。

——ヤバい！

入江は営業フロアを出て最上階にある応接フロアへと走った。頭の中では清らかな雪乃の体を男臭そうな佐藤が抱きしめている場面が再生されている。

――ダメだ。木内さん。あんな男に屈しちゃダメだよ。

息を切らして応接フロアへ飛び込むと、雪乃の姿はまだ給湯室にあった。

「木内さん！」

「あれ？　入江さん？」

雪乃はきょとんとした顔で入江を見ている。どうしてこんな剣幕で同僚がここへ走り込んできたのか理解できていない顔だ。

「あ、あのね……」

佐藤の愛人になんかなっちゃダメだ、と言おうとした入江の肩をグイと引っ張る者がいた。振り返るとそこには絵本に出てくる雪の女王みたいな冷ややかな微笑。

「え？　檀上部長？」

美沙子は入江を給湯室から引っ張り出し、入れ替わるように雪乃の前に立った。

そして、ポケットから美しいアメジストのペンダントを取り出し、雪乃の首にかける。

「あなたにあげる」

「え？　どうしてですか？」

「可愛いから」

それだけで納得したかのように、雪乃は素直に「ありがとうございます」と頭を下げる。

普段関わりなどないであろう美沙子からのプレゼントをあっさり受け取る雪乃に、入江は軽い違和感を覚えた。

「じゃあ、行って」

珈琲カップが載ったトレーを持ち上げる雪乃を美沙子が送り出す。

「待って！」

木内を引き留めようとする入江を遮《さえぎ》り、美沙子が命じた。

「木内雪乃は私が守る。そなたは一課の社員全員をミーティングルームに集めよ」

「え？　八人しか入れませんが、全員をですか？」

「うむ。外からでもテレビ会議システムのモニターさえ見えればよい。電源や接続の確認を怠るでないぞ。今度こそ」

「ははっ。え？　今度こそ？」

「もう良い」

早く行くよう促された入江は、雪乃の身を案じて何度も振り返りつつ、エレベーターホールへと向かった。

営業フロアに戻った入江はミーティングルームに入り、すぐに気づいた。

前回、ここで土下座させられた時には録画機器とカメラが繋がっていなかったことに。

今回は既にどこかの映像がモニターに映し出されている。

つまり、どこかのカメラとミーティングルームのモニターとが繋がっているようだ。

映し出されている映像はゆらゆらと揺れている。

「うわ。酔いそう」

次の瞬間、モニターに佐藤課長の姿が映った。応接室だ。

――こ、これは……。

ピンと来た。

これは固定カメラによって撮影されている映像ではなく、美沙子が雪乃に渡したペンダントに仕込まれた超小型カメラが映し出している映像なのだろう。

入江は雪乃の胸の谷間辺りに垂れたアメジストのペンダントトップを思い出す。

入江は急いで一課の人間に声を掛けた。

「皆さーん、ちょっと集まってくださーい」

が、新入りの入江が招集をかけたところで反応は薄い。

「佐藤課長が見て欲しいものがあるそうです！」

そう言うと、あっという間に全員がミーティングルームに集まる。

案の定、半分ほどは室内に入り切れず、外からモニター画面を見ている。

雪乃はセンターテーブルを挟んで向かいに座っているのだろう、モニターには佐藤の顔がしっかり映っている。

入江がスピーカーの音量を上げると、佐藤の声が聞こえた。

『木内君。例の件、考えてくれた？』

『えっと……』

雪乃の顔は見えないが、困惑気味の声はしっかりと収音されている。

『子供が成人したら、妻とも別れるつもりだ。だから、安心して俺に全てを委ねてくれればいいんだよ』

その発言の直後「え？」と皆が声を上げ、ミーティングルームの中の空気が固まった。

『それほど君のことが好きなんだ。わかるだろ？』

決定的な発言に皆がざわつく。

『でも……』

恐怖心からだろう、雪乃の声が震えていた。

パチン。

入江は思わず、モニターのスイッチを切った。

これ以上、見てはいけないような気がして。

雪乃のことは心配だったが、応接フロアには美沙子がいる。

佐藤が強引なセクハラ行為に及べば、美沙子が天誅を下すに違いない。

一分足らずの映像ではあったが、ふだん偉そうにふんぞり返っている上司が甘い声で部下を口説いている姿を見せつけられ、皆、戸惑っている様子だ。

いつもは佐藤のイエスマンである係長の国村でさえも嫌悪感を露わにしている。

国村に限らず、雪乃は営業部のマドンナ的な存在であるだけに、その彼女を愛人にしようと画策している佐藤に敵意を持った者も少なからずいるだろう。

それから数分ほどして佐藤課長が営業フロアに戻ってきた。

「うん？　お前ら、何してるんだ？」

ミーティングルームの前でたむろしている社員に怪訝そうな顔だ。これまでとは違う空気を感じたのか、佐藤は訝るように横目で部下たちを見ながら課長席へ歩いていく。

佐藤が自席に腰を下ろしたその時、コツン、コツン、とヒールが床を打つ音が響いてきた。

「み、美沙だ……」

誰からともなく声が漏れた。

「人斬りが来たぞ」

先刻のモニター画面を見ていたときのさざめきとは比較にならないほどの大きなざわめきの波がフロアの空気を揺らす。

檀上美沙子はゆっくりと歩いて佐藤のデスクの前に立った。

「どうも。うちの入江がお世話になったようで」

それはあたかも極道の組長が、組員を痛めつけられた時のような口調だった。

「う、うちの、って。ははは。何、言ってるんですか。入江は営業一課の人間ですよ」

佐藤が笑いながら言い返す。

「実は先ほどの応接室での出来事を録画させて頂きました」

「は？　許可もなくそんな盗撮まがいのことをしていいと思ってるのか？」

美沙子はふふっと鼻で笑った。

「部下の人格は否定し、平気で踏みにじる。そのくせ、自分のプライバシーを主張するとは、片腹痛いわ」

美沙子は胸ポケットに挿している銀色の指し棒を抜き、シュッと伸ばした。そして、その先端を佐藤の喉元に突きつける。

「その方の悪行は全て録画し、リアルタイムで部下たちにも見てもらった」

「なに？」

佐藤が一課の部下たちを睨む。

が、中には逆に佐藤を睨み返す者たちもいた。

佐藤ひとりに支配されていた営業一課の空気が変わりつつある。

美沙子が小さな黒いメディアを佐藤のデスクの端に置いた。

「このUSBメモリーの中に、応接室での出来事が記録されておる」

佐藤が勢いよく立ち上がり、記憶ツールを床に投げつけて踏みつぶす。

「それはコピー。馬鹿だねえ。オリジナルを渡すわけなかろう」

美沙子が嘲笑った。

「この映像、重役の娘でもある奥様に確認してもらいましょうか？　部下と再婚するために、いずれ離婚するのであれば、奥様も早めに覚悟された方がいいのでは？」

そこまで言われ、ようやく佐藤の顔に敗北感が漂い始める。

「妻に言うのはやめてくれ。頼む、この通りだ」

佐藤が深々と頭を下げた。が、美沙子は腕組みをしたまま無表情で黙っている。

すると、佐藤は驚くほどの速さで土下座した。

「自分の罪を認めるのですね？」

「認める。認めるから、妻にだけは……」

佐藤が床に額をつけた。

「では、一身上の都合ということで辞表を書けば、この件は不問とします。本来なら懲戒事案ですが」

しばらくの間、床に座り込んだままがっくり項垂れていた佐藤は、やがてゆっくりと立ち上がってスラックスの膝あたりを手で払った。

そして、美沙子に向かって不敵な笑みを浮かべ、「俺を斬っても、この部署は変わらないからな」と捨て台詞を残し、営業フロアから去っていった。

その時、入江は美沙子が「知っておるわ」と呟いたのを聞いた。営業部全体の闇が深いことを言っているのだろう、と入江は察する。

「さて」

美沙子が他の社員を見渡した。その鋭い視線に、社員の数名が視線を伏せる。

「佐藤に追従した国村はじめ、数名の社員については追って沙汰する」

そう言って指し棒を収めた美沙子は踵を返し、来た時と同じようにヒールの音を響かせながら去っていった。

翌日、佐藤は辞表を出し、自ら会社を去った。

国村係長をはじめとする佐藤の腰巾着だった者たちは降格された上、人事部で一カ月、みっちりとコンプライアンス研修を受けることになった。

川端諒子は本人の希望もあって、海外営業部へ異動になった。

海外営業部の阿久津《あくつ》部長はミツバ電機初の女性管理職だ。美沙子は海外営業部まで出向き、諒子を大切に育ててくれるよう阿久津に頭を下げた。

それから数週間、入江は営業一課に留まった。佐藤なき後の営業一課にパワハラやセクハラがなくなったことを見届けるためだ。

営業で久しぶりに立ち寄った家電量販店では、販売スタッフが集まってきて、

「入江君！　ぜんぜん顔を出してくれないから寂しかったよー」

「君が手伝ってくれた期間はスマホが爆売れで、あの時の月間販売記録は未だに破られていないんだよ」

などと懐かしんだ。ちなみにミツバ電機はスマホを製造していないのだが。

あの頃は、入江が営業をかけていた大型テレビの話を聞いてくれるスタッフはいなかったが、今回は店長が出てきて白モノ家電の商談に応じてくれた。

そして、月末。

入江は大きな受注を置き土産《みやげ》に、ハラスメントがなくなった営業一課を去り、檀上美沙子が率いる人事部に戻った。

これまでのことが、やっと報われたような清々《すがすが》しい気持ちで。

エピローグ

営業部から人事部に戻った入江だったが、どうしても木内雪乃のことが忘れられず、仕事に身が入らなかった。

気がつけば、口を半開きにした綿あめみたいな笑顔を思い出している。

——このままでは頭がどうにかなりそうだ。


入江は自分の気持ちを伝えるべく、雪乃を会社の屋上に呼び出した。

雲ひとつない青空が祝福してくれているように見える。

——今日こそ想《おも》いを伝えよう。

彼女を待っている間、入江は胸の高鳴りを押さえるのに必死だった。

がちゃり、と屋上へ通じるドアが開く音に、入江の心臓はドキン、と脈打った。

栗《くり》色の髪を揺らしながら雪乃が現れる。

「き、木内さん。ごめんね。急に呼び出したりして」

入江が照れながら後頭部を掻《か》くと、雪乃は彼の方に歩み寄りながら、いつものトロンとした目で入江を見上げる。

「あ、あのさ……」

何度か躊躇った後、入江は意を決し、告白した。

「僕と付き合ってください！　木内さんのことが好きです！」

その直後、驚いた顔は見せたものの、雪乃はまんざらでもない様子で困ったように笑っている。

「木内さんのこと、守らせてください！」

もじもじと頬を赤らめる雪乃の様子を見て、入江は両想いであることを確信した。

ところが、しばらく黙っていた雪乃は思わぬことを言い出した。

「私、来月で退職することになったんです」

「は？　退職？」

「ええ。結婚することになって」

入江は思わず、「は⁉　誰と⁉」と素っ頓狂な声を上げてしまった。

「秘書室の杉本さんのお兄さんとです」

「え？　杉本さんのお兄さん？」

と言われてもすぐにピンと来なかった。

「えっと……。確か、杉本さんのお父さんはエディバシー電機の社長。つまり彼女のお兄さん、っていうことは、エディバシー電機の御曹司⁉」

時々、永野が営業フロアに来て雪乃に何か渡したり、密談したりしていたのを思い出す。

「そ、そうだったんだ……。へえ、杉本さんのお兄さんと……。へええ……。その……、何て言うか。えっと……。おめでとう」

入江は仕方なく祝福の言葉を述べた。

――じゃあ、どうしてあんな思わせぶりな態度や表情をするんだろう。

出会った時からずっと、雪乃は入江に対して好意を示していたような気がする。

――まさか、クセ？　あの恥ずかしそうな表情も、すぐに顔を赤らめるのも、ぽやっとした表情も、全部？

――もし、あの態度が自分に対するだけのものでなく、全ての異性に対するものだとしたら？

入江は空恐ろしい気持ちになった。

もしかしたら佐藤課長も雪乃が自分に好意を持っていると確信して、口説いていたのかも知れない。

そう言えば、自分が知っている限りでは、雪乃は一度もきっぱりと拒否していない。

――佐藤を被害者だとは思わないが、あのセクハラ事案は雪乃の微妙な態度にも因があったのではないか？

頭の中でそんな想像がグルグル回った。

色々なことが解明される中で、ひとつだけ疑問が残った。

「あの……。木内さん、どうして異動したい、って目安箱にメールしたの？」

全ての発端はあのメールからだ。

入江の質問に「それは……」と雪乃が口ごもる。

「何て言うか……。一課の人たちが食事を奢《おご》ってくれたり、プレゼントをくれたりするんですけど、そういうのがフィアンセの耳に入ったら嫌だな、って思うようになって」

それは断ればいいのでは？　と首を傾げる入江を後目に雪乃が続ける。

「フィアンセの手前、寿退社するまで、男性の少ない職場の方がいいかなー、なんて思ったりもしたんですけど、やっぱり異性から好かれるのって悪いことじゃないしなー、って迷っちゃって。だけど国村係長からは特に高価なブランド物を沢山もらってたから、そろそろ潮時かなー、って」

し、潮時……。そんなやさぐれた単語が彼女の口から出るのを聞く日がこようとは……。しかも、めちゃくちゃ可愛い顔してサラッと出たよ……。

「そ、そうなんだ……」

「男の人って単純でチョロいけど、ストーカーになったら怖いでしょ?」

と、笑う雪乃が、入江には別人のように見えた。彼女の裏の顔に茫然とする。

入江は一瞬で恋心が消滅するのを感じた。

「じゃ、私、行きますね」

涼しい笑顔を見せ、雪乃はクルリと背を向けて屋上を後にした。


入江はがっかりしながら柵の方に歩み寄った。

強く見えた川端諒子はあそこから飛び降りようとするほど弱っていた。

が、弱々しく見え、男の保護欲をかきたてる木内雪乃はとても強《したた》かだった。

——女性って、わからない……。

溜め息を洩《も》らした入江が柵に手を伸ばした時、そこに美沙子がいることに気づいた。

「うわ……!」

入江は雪乃との会話を聞かれていないことを祈ったが、

「おなごとは恐ろしい生きものであるな」

という美沙子の言葉に祈りは打ち砕かれた。

「ははは……」

情けなく乾いた声が自分の鼓膜に届く。

「あれはそなたの手におえるおなごではない」

「ですよね……」

溜め息を吐く入江を憐れむように見て、柵を離れた美沙子がニヤリと笑った。

「入江。今週末、映画でもどうだ」

入江の目の前に映画の特別招待券が二枚、垂らされた。

「こ、これは……。ハリウッドと北映がタッグを組んだ大型ＳＦ時代劇のプレミアチケットではないですか！」

「である」

入江がひとしきり喜ぶ姿を見た後、「では」と美沙子が歩き去る。

――檀上部長は今日もここで自分の裁きが正しかったのか振り返っていたのだろうか。

入江は侍のように凜とした美沙子の後ろ姿を見送りながら、これからも彼女の下で、会社の環境改善《世直し》を手伝っていこうと心に誓った。

本書は書き下ろしです。

本作品はフィクションです。実在の個人、団体とは一切関係ありません。（編集部）

実業之日本社文庫　最新刊

実業之日本社文庫　最新刊

辻 真先
殺人の多い料理店
宮沢賢治の童話朗読会で「贋作」事件が発生。二か月後、参加者のひとりが変死した。可能克郎が調査を進めると……傑作長編、初文庫化！（解説・村上貴史）
つ5 2

貫井徳郎
追憶のかけら　現代語版
大学講師・松嶋は自殺した作家の未発表手記を入手。自殺の真相を究明しようとするが……。辿り着いた真実とは？　圧巻のミステリ巨編！（解説・野地嘉文）
ぬ1 3

葉月奏太
酒とバイクと愛しき女
友人の墓参りをかねて、20年ぶりにツーリングへ出かける。爽やかな北海道で亡き友の恋人や、素敵な女性たちに出会い……。ロードトリップ官能の傑作！
は6 13

保坂祐希
人斬り美沙の人事査定帳
大手家電メーカーの人事部長は、『人斬り美沙』の異名をとる冷酷非情な絶対女王。彼女が社内の闇と不正を暴き、醜き悪を成敗する痛快エンタメお仕事小説！
ほ5 1

南 英男
毒蜜　残忍犯　決定版
マフィアか、ヤクザか…残虐すぎる犯行の黒幕は!?　旧友の新聞記者が首を切断され無残な死を遂げた。裏社会の無敵の始末屋・多門剛が真相に迫るが――。
み7 25

実業之日本社文庫　好評既刊

泉ゆたか
朝の茶柱　眠り医者ぐっすり庵
今日はいいこと、きっとある――藍の伯父が営む茶問屋で眠気も覚める大騒動が!?　眠りと心に効く養生所〈ぐっすり庵〉の日々を描く、癒しの時代小説。
い172

いぬじゅん
北上症候群
遠距離恋愛に会社倒産。傷だらけの心で深夜特急に乗り、神戸からひとり恋人のいる札幌へ旅立つが、そこで待っていたのは…!?　人生に勇気をくれる感涙作!
い182

草凪優
私を抱くと死ぬらしい
売れなくなったモデルの清奈。ある日、彼女を抱いた男が死んだ――。その後も、負の連鎖が止まらない。恐怖とエロスが交錯する、超官能サスペンス!
く610

辻真先
夜明け前の殺人
千秋楽の舞台で主演女優が服毒死した。警察は自殺と断定するが、他殺を疑う弟が真相究明に乗り出す――レジェンドが二十世紀末に発表した傑作、初文庫化!
つ51

堂場瞬一
ザ・ウォール
掟破りの新球場で開幕を迎えたスターズ。無茶振りオーナーに翻弄されながらも、名門復活を期する新監督の采配を描く。野球小説の旗手が放つ革命的一作!
と117

水生大海
ランチ探偵　彼女は謎に恋をする
大仏ホームの二人にはコロナ禍でも新たな出会いが。しかし、合コン相手が持ち込む謎に、ミステリー好きの天野ゆいかは目を輝かせ……!?（解説・青木千恵）
み93

南英男
虐殺　裁き屋稼業
内部告発者の死、そしてさらなる犠牲者が――悪辣企業の密謀を暴き出せ!　不正の真相をめぐり闇の探偵コンビが格闘する、傑作クライムサスペンス!
み722

アミの会（仮）
大崎梢／加納朋子／今野敏／永嶋恵美／法月綸太郎／松尾由美／光原百合／矢崎存美
惑　まどう
豪華ゲストを迎えた実力派女性作家集団「アミの会（仮）」が贈る、珠玉のミステリ小説集。短編の名手8人が人生で起こる「惑う」時を鮮やかに切り取る!
ん83

実業之日本社文庫　好評既刊

赤川次郎
花嫁は歌わない
亜由美の親友・久恵が、結婚目前に自殺した。殿永刑事から、ある殺人事件と自殺の原因が関係していると聞いた亜由美は、真相究明に乗り出していくが……。
あ1 22

加藤元
カスタード
街の片隅に佇むお弁当屋。そこを訪れるのは、心の奥底に後悔を抱えた人々。ささやかな「奇跡」が、彼らを心の迷宮から救い…。ラスト、切ない真実に涙！
か10 1

今野敏
終極　潜入捜査〈新装版〉
不法投棄を繰り返す産廃業者は、テロ・ネットワークの中心だった。元マル暴刑事が、拳ひとつで環境犯罪に立ち向かう熱きシリーズ最終弾！（対談・関口苑生）
こ2 19

汐見夏衛
臆病な僕らは今日も震えながら
生きる希望のない孤独な少女には、繰り返し夢に現れる「ある風景」があった。そこに隠された運命とは⁉　汐見夏衛史上、最も切なく温かい「命と再生」の物語！
し8 1

似鳥鶏
名探偵誕生
神様、どうか彼女に幸福を──僕が事件に出会うたびに助けてくれたのは、隣に住む名探偵だった。精緻なミステリと瑞々しい青春が高純度で結晶した傑作。
に9 1

文日実
庫本業 ほ51
社之

人斬《ひとき》り美沙《みさ》の人事査定帳《じんじさていちょう》

2022年8月15日　初版第1刷発行

著　者　保坂祐希《ほさかゆうき》

発行者　岩野裕一
発行所　株式会社実業之日本社
〒107-0062　東京都港区南青山5-4-30
emergence aoyama complex 3F
電話［編集］03(6809)0473［販売］03(6809)0495
ホームページ　https://www.j-n.co.jp/
ＤＴＰ　ラッシュ
印刷所　大日本印刷株式会社
製本所　大日本印刷株式会社

フォーマットデザイン　鈴木正道（Suzuki Design）

ISBN978-4-408-55751-9（第二文芸）